Étudiant Soumise

Erika S

Série

Collection de domination érotique

Image de couverture : @ Engin Akyurt - Pixabay, 2023

Première édition : 2023

Synopsis

Ce livre est composé des histoires suivantes :

Étudiant Soumise

Médecin très compréhensif

Au bureau

Étudiant Soumise est un roman à fort contenu érotique BDSM et, à son tour, un nouveau roman appartenant à la collection Erotic Domination and Submission, une série de romans à fort contenu BDSM romantique et érotique.

(Tous les personnages ont 18 ans ou plus)

Note de l' écrivaine:

Erika Sanders est une écrivaine de renommée internationale, traduite dans plus de vingt langues, qui signe ses écrits les plus érotiques, loin de sa prose habituelle, de son nom de jeune fille.

Indice:

ÉTUDIANT SOUMISE ET AUTRES HISTOIRES
ERIKA SANDERS

ÉTUDIANT SOUMISE

PREMIÈRE PARTIE
LETTRE DE RECOMMANDATION

CHAPITRE I

Cynthia était assise devant le bureau du professeur.

Les examens finaux approchaient, ce qui signifiait que le professeur serait occupé à rencontrer les étudiants.

Il attendit au moins vingt minutes pendant que la porte du professeur restait fermée.

J'étais un peu nerveux en attendant ce professeur qui était typiquement sévère.

Lorsque la porte s'est ouverte, il a vu le professeur parler à un autre élève qui s'apprêtait à partir.

Cynthia se leva alors que l'autre étudiant partait et le professeur tourna son attention vers elle.

C'était un homme de grande taille, bien habillé, marié et âgé d'une cinquantaine d'années.

"Cynthia, c'est bon de te voir", dit-il. "Tu as un rendez-vous ?"

"Non. Je suis désolé, professeur. C'est une chose de dernière minute."

"Je suis sûr que vous connaissez ma politique concernant les réunions. J'espère qu'un rendez-vous sera pris d'abord, sinon il y aurait toujours une longue file d'attente devant ma porte."

Elle prit une profonde inspiration cherchant à gagner la confiance.

"Je m'en rends compte. Mais il n'y a personne ici en ce moment. Je suis sûr que vous pouvez faire une exception pour moi."

"Bien. Seulement parce que tu es un étudiant qui travaille dur. Entrez."

Il afficha un étrange sourire et lui fit signe d'entrer dans son bureau, puis ferma la porte.

Le professeur était assis derrière son bureau et Cynthia était assise devant lui.

"En quoi je peux t'aider?" » Demanda-t-il en s'installant confortablement dans son siège.

"Eh bien, j'ai beaucoup réfléchi ces derniers temps et j'ai décidé de postuler à la faculté de droit pour l'année prochaine. J'ai déjà suivi le cours d'entrée et j'ai réussi à obtenir un score élevé. Ma moyenne est également supérieure à B+."

Il acquiesca.

"Un choix intéressant. Je pense que vous réussirez très bien à la faculté de droit. Ce n'est pas facile, mais vous avez certainement la personnalité et le cerveau pour le faire."

"Merci", sourit-il.

"Je suppose que tu veux une lettre de recommandation de ma part ?"

"C'est pourquoi je suis ici. Tu es le premier professeur à qui je demande, et j'espère vraiment que tu le feras pour moi."

"Alors, je suis ton premier choix ? Pourquoi ? Je suis curieux."

Cynthia se sentait un peu intimidée.

"Eh bien, il a une excellente réputation dans cette université. Et il est également directeur du département, ce qui, je pense, fera bonne impression sur ma candidature."

"J'ai également des relations avec les meilleures écoles de droit. Le saviez-vous ?"

Elle hocha timidement la tête.

"Je le savais. Je veux dire, je l'avais entendu dire par d'autres étudiants. Mais je n'étais pas sûr si c'était vrai ou non."

"J'ai des amis proches qui font partie du comité d'admission de certaines des meilleures facultés de droit. Mes lettres de recommandation sont donc très utiles."

« Envisageriez-vous de m'écrire une lettre ? » demanda-t-elle d'un ton timide.

"Je ne peux pas", répondit-il sans détour. "Malheureusement, il est trop tard."

"Pourquoi ? La date limite pour les candidatures aux facultés de droit est le début de l'année prochaine."

"C'est vrai. Mais je n'écris que deux lettres de recommandation à la fin de chaque semestre. C'est une de mes politiques personnelles. Sinon, je devrais écrire des lettres pour tout le monde. Mes recommandations seraient alors inutiles, puisque n'importe lequel de mes étudiants pourrait prends-en un. Est-ce que ça a du sens pour toi, Cynthia ?

"A-t-il."

"Si tu étais venu plus tôt, je l'aurais fait pour toi. Tu es l'un des étudiants les plus compétents que j'ai eu ces dernières années. Et cela signifie beaucoup, puisque cette université regorge d'étudiants doués." "

"Si vous pensez que je suis l'un de vos meilleurs élèves, pourquoi ne pouvez-vous pas faire une exception pour moi ?" a-t-elle plaidé.

"Je vous l'ai dit. Ma règle est de deux recommandations par semestre. Je suis toujours mes règles. Durant toutes mes années d' enseignement, je n'ai jamais fait d'exception. Jamais."

Elle baissa brièvement la tête, avant de retrouver son calme.

"Je comprends", répondit-elle en se préparant à partir. "Merci pour votre temps, professeur."

"Attends," dit-il en l'arrêtant. "Tu sais que je prends ma retraite cette année, n'est-ce pas ?"

"Oui, je l'ai entendu".

"Ce sera mon dernier enseignement du semestre. Je pourrais t'écrire une lettre de recommandation au début de l'année prochaine, et tu pourrais postuler à la faculté de droit avant la date limite. Ce serait dans mes règles."

Cynthia sourit.

"Cela a l'air génial. Merci beaucoup, professeur. Cela signifie vraiment beaucoup pour moi."

"Je ne dis pas que je le ferai. Je dis que je pourrais."

"Oh, alors qu'est-ce que je dois faire ?"

"Tout d'abord, dis-moi pourquoi tu veux aller à la faculté de droit. Quel est ton objectif ultime ?"

Il réfléchit un instant à rédiger une bonne réponse.

"Eh bien, j'ai toujours voulu une carrière dans laquelle je pourrais être un grand défenseur des femmes. J'ai presque terminé mes études en études sur les femmes et le genre. J'ai pensé à devenir journaliste, où je pourrais faire des reportages sur divers sujets. Mais mes parents m'ont toujours dit : « Ils m'ont encouragé à essayer le droit. J'y ai pensé tout le semestre, car je suis sur le point d'obtenir mon diplôme. Après mûre réflexion, j'ai décidé que les études de droit étaient faites pour moi.

Il acquiesca.

"Vous y avez certainement beaucoup réfléchi."

"Oui monsieur, je l'ai fait."

"Qu'en est-il de vos résultats académiques jusqu'à présent ? Y a-t-il quelque chose que je devrais savoir ?"

Pensa-t-elle encore.

"Eh bien, j'ai écrit plusieurs essais dans certains de mes cours qui se concentrent sur les droits des femmes, les femmes de couleur et diverses questions sociales dans ce pays et dans le monde. J'ai obtenu un A pour chacun d'eux."

"Ce n'est pas surprenant. Tu me sembles être une fille très intelligente. J'aime ça chez toi."

"Merci", rougit-elle.

"Envoyez-moi par e-mail tous les essais que vous avez mentionnés. J'aimerais les consulter avant de prendre ma décision."

"Bien sûr."

"Je t'aime vraiment, Cynthia", dit-il. "Je pense que vous avez un immense talent. Les femmes comme vous sont l'avenir de ce pays. Si vous pouvez me convaincre que vous avez un réel intérêt à changer les choses, alors je contacterai personnellement mes amis des meilleures facultés de droit et je ferai en sorte que tout soit possible. pour vous faire entrer. Que pensez-vous de tout cela ?

"Cela semble merveilleux, professeur," dit-elle avec un sourire radieux. "Je suis sûr que vous serez impressionné par ce que j'ai à offrir."

"Je n'en doute pas. Maintenant, si vous voulez bien m'excuser, j'ai un rendez-vous prévu dans environ cinq minutes."

"Oh, bien sûr. Merci beaucoup."

Cynthia se leva et serra doucement la main du professeur alors qu'il restait assis derrière son bureau.

Lorsqu'il quitta le bureau, il fit de son mieux pour contenir son enthousiasme.

CHAPITRE II

Lorsque Cynthia retourna dans son petit appartement, elle se dirigea directement vers la chambre de sa colocataire et vit que la porte était grande ouverte.

Teresa était allongée dans son lit et utilisait son ordinateur portable pour consulter les derniers sites de potins.

« Voyons si vous pouvez le deviner ? Cynthia a demandé rhétoriquement. "En fait, je vais vous le dire franchement. Il a accepté de m'écrire une lettre de recommandation. Pouvez-vous le croire ?"

Cynthia entra dans la chambre et s'assit sur le lit de sa colocataire.

"C'est génial ! Comment c'était d'être seul avec lui ? Était-ce gênant ? Ce type est un dur à cuire."

"C'était vraiment intimidant, je peux vous le dire."

"Et il a accepté de t'écrire une lettre ?" » demanda Thérèse. "J'ai entendu tellement d'histoires d'étudiants intelligents rejetés par des idiots comme lui."

"Je l'ai surpris de bonne humeur, je pense," Cynthia haussa les épaules. "Mais ce sera un processus difficile. Il veut me parler un peu plus et ensuite il m'écrira une lettre l'année prochaine."

"L'année prochaine ? J'ai lu que si vous postulez tôt à la faculté de droit, vous obtenez un léger avantage en matière d'admission."

Cynthia sourit.

"Je sais. Mais il a des liens avec certaines des meilleures facultés de droit. Il a également dit qu'il serait prêt à le contacter personnellement en mon nom, si je peux le convaincre que j'en vaux la peine."

"Oh wow ! C'est incroyable."

Teresa se pencha en avant et fit un gros câlin à son amie.

"Merci."

"Comment vas-tu le convaincre exactement ? Ce type n'est pas facile à plaire."

Cynthia haussa les épaules.

"Je pense que je dois lui montrer de vieux essais que j'ai écrits. Il était un peu vague sur tout cela. Mais je suis presque sûr de tout cela. Je pense qu'il m'aime vraiment beaucoup. Il a dit beaucoup de belles choses. ".

"Eh bien, si quelqu'un mérite de bénéficier de ses relations, c'est bien toi."

"Merci. Je croise les doigts. J'espère juste qu'il ne changera pas d'avis."

"Ce serait le plus gros coup de bite au monde si je changeais d'avis", a répondu Teresa. "Mais on ne sait jamais. Mais tu ne peux pas changer d'avis."

Cynthia sourit.

"Tu as raison. Mais j'ai encore besoin de l'impressionner. Je ferai tout ce qu'il faut. Fais-moi confiance."

"Je pense que oui."

CHAPITRE III

Il était tard dans la nuit lorsque Cynthia avait déjà fini de parcourir ses anciens dossiers.

Elle avait organisé tous les essais les mieux notés qu'elle avait écrits.

Puis il les a joints à un fichier.

Il a également mis la touche finale à son dernier devoir pour la classe du professeur.

Elle a lu l'article final plusieurs fois pour s'assurer qu'il était parfait.

C'était l'occasion pour elle d'impressionner l'homme qui détenait potentiellement les clés de son avenir.

Il a tout joint dans un e-mail et a écrit un message au professeur :

"Bonjour Professeur,

J'espère qu'il va bien. Merci beaucoup de m'avoir rencontré aujourd'hui. Je sais que tu es une personne extrêmement occupée. J'ai joint tous les essais que je voulais voir. J'ai eu des A sur chacun d'eux.

J'ai également joint mon projet final pour sa classe, que j'ai terminé à l'avance. J'espère que tout est satisfaisant. S'il vous plaît laissez-moi savoir si vous avez besoin d'autre chose de ma part ou si vous souhaitez vous revoir pour discuter de tout ce qui concerne la lettre de recommandation. J'apprécie vraiment tout cela.

Tous mes vœux,

"Cynthia"

Il a envoyé l'e-mail et elle a poussé un soupir de soulagement.

Elle était assise devant son ordinateur depuis plusieurs heures, avec très peu de repos, pour envoyer les documents au professeur le plus rapidement possible.

Avec le temps restant avant le dîner, Cynthia a vérifié ses mises à jour sur Facebook pour voir ce qu'il y avait de nouveau dans son cercle social.

Un e-mail entrant est arrivé.

C'était une réponse du professeur :

« À bientôt dans mon bureau. Lundi à neuf heures du matin.

Cynthia était un peu perplexe face à la réponse énigmatique et brève du professeur.

Elle se demandait s'il avait même pris la peine de regarder l'un des documents joints, en raison de la rapidité avec laquelle il avait répondu, et s'il avait passé les dernières heures à travailler si dur pour rien.

À ce moment-là, il a reçu un autre e-mail.

Ce fut une autre réponse du professeur :

"Nous discuterons des termes de la lettre de recommandation."

C'était le message qu'elle voulait.

Elle sourit intérieurement en sachant que les liens du professeur avec les meilleures écoles de droit étaient à sa portée.

Des années de travail acharné portaient enfin leurs fruits.

Tout ce qu'il avait à faire, c'était de faire ce que le professeur voulait.

DEUXIÈME PARTIE
ÉTUDIANT DÉTERMINÉ

CHAPITRE I

Lundi.

Tôt le matin.

Cynthia attendait devant le bureau du professeur dans un costume semi-formel.

Elle voulait paraître sophistiquée aux yeux du professeur.

Elle voulait prouver qu'elle en valait la peine.

Il est arrivé à neuf heures précises du matin.

Il tenait un petit sac en papier ordinaire et jeta à peine un coup d'œil à Cynthia lorsqu'elle se leva pour le saluer.

Ils se serrèrent la main, puis il ouvrit la porte du bureau et la laissa entrer.

Puis il a fermé la porte.

La situation était quelque peu délicate puisque le professeur préparait son bureau et allumait son ordinateur, tout en ignorant apparemment l'étudiant qui se tenait devant lui dans la pièce.

"J'espère que vous avez passé un bon week-end", dit-elle, brisant la tension.

Le professeur était assis derrière son bureau et Cynthia était assise devant lui.

"J'ai passé un excellent week-end", a-t-il répondu. "J'ai passé la majeure partie de mon temps à trier des papiers. Mais j'avais aussi du temps pour d'autres activités. Et vous ?"

"Principalement du travail scolaire. J'ai étudié dur pour les examens et j'ai rédigé des devoirs pour d'autres classes."

Il acquiesca.

"Comme cela devrait être."

« En parlant de ça, as-tu lu les documents que je t'ai envoyés ?

"Non, je ne l'ai pas fait", répondit-il sans détour.

"Oh, je pensais que j'en avais besoin..."

"Je ne les regarderai pas, Cynthia. Je ne suis pas intéressé à lire tes devoirs pour les autres cours. Je n'ai pas le temps pour ça."

"Est-ce que ça veut dire que tu vas me donner la recommandation sans avoir à la lire ?" » demanda-t-elle prudemment.

"Il n'a pas répondu. "Il faut encore le mériter."

« Que dois-je faire alors ? »

Il la regarda avec un regard aigu.

"Es-tu une personne discrète, Cynthia ?"

"Que voulez-vous dire?"

"Es-tu capable de garder un secret ?"

"J'ai toujours été une personne digne de confiance. Pourquoi ?"

"Je suis très intéressé par toi", dit-il. "Tu m'intrigues. Mais tu devras me promettre que tout ce dont nous discuterons restera confidentiel. Pouvez-vous faire ça ? Si tout cela fonctionne, je le promets, je ferai de mon mieux pour vous amener dans n'importe quelle école. tu veux. Et je tiens toujours mes promesses.

Cynthia prit une profonde inspiration et essaya de garder son calme.

Elle ne savait pas trop où allait la conversation, mais elle aimait le résultat.

Elle voulait son aide.

"Je le promets. Tout ce dont nous discuterons sera secret."

Il hocha lentement la tête.

"Je suis content d'entendre que."

"Puis-je demander de quoi il s'agit ? Je ne comprends toujours pas ce que tu attends de moi."

"Vous avez suivi trois de mes cours, n'est-ce pas ?"

"C'est comme ca."

"Tu m'as toujours intrigué", dit-il. "Depuis le jour où nous nous sommes rencontrés, j'ai trouvé que vous étiez une personne intéressante. Et j'ai toujours aimé lire vos essais. En fait, pour être honnête, il m'arrive encore de lire vos essais. Vos réflexions sur les droits des femmes et les libertés sexuelles des femmes sont assez profond."

" Merci Monsieur ".

"J'ai une tâche à vous confier", dit-il. "C'est complètement hors de l'ordre du jour. Personne ne le saura jamais. Évidemment, c'est facultatif. Mais si vous le faites, je vous donnerai un A automatique dans ma classe et vous aiderai à entrer dans une faculté de droit de premier plan."

Cynthia hocha la tête avec hésitation.

"Bon."

"C'est un devoir de lecture. Je veux que tu lises le matériel que je te donne. Et demain, je veux que tu sois de nouveau là à neuf heures du matin, prêt à en discuter."

Le professeur prit le sac en papier marron et le posa sur son bureau devant Cynthia.

« De quoi parle le devoir de lecture ? » demanda-t-elle, perplexe.

"Tout ce qu'il y a dans ce sac est pour vous. Considérez-le comme un cadeau. Ne l'ouvrez que tard dans la nuit. Et je veux que vous lisiez l'histoire marquée avant de vous coucher. J'ai besoin de votre avis en raison de votre point de vue intéressant sur le problèmes des femmes. Pouvez-vous faire cela pour moi ?

"Peut."

"Bien," acquiesça-t-il. "Maintenant, si tu veux bien m'excuser, j'ai une journée chargée. Je suis sûr que tu es occupé aujourd'hui aussi ."

"Merci professeur."

Cynthia se leva et serra la main du professeur.

Il a ensuite pris le sac marron et a quitté le bureau.

Il n'a pas pris la peine de regarder à l'intérieur du sac.

J'avais trop peur pour regarder.

CHAPITRE II

Cette nuit-là, Cynthia resta couchée avec les lumières toujours allumées.

Il venait juste de terminer sa rigoureuse routine d'étude du soir.

Ses yeux lui faisaient mal.

Et elle était mentalement épuisée.

Il regarda la table à côté de son lit et vit le sac marron.

Il l'avait presque oublié.

La nuit n'était donc pas encore finie.

Il s'assit sur le lit et prit le sac.

Lorsque Cynthia a ouvert le sac, elle a été choquée par ce qu'elle a vu.

Il y avait un gode rose de taille moyenne, qui avait la forme d'un pénis d'homme.

Il le ramassa et le regarda, se demandant si c'était une erreur.

Peut-être que le professeur m'a donné le mauvais sac ?

Pourquoi a-t-il ça ?

Mais il a conclu qu'il n'y avait pas d'erreur.

Le professeur était trop précis et intelligent pour commettre ce genre d'erreurs, pensa-t-il.

Elle a posé le gode sur son lit et a fouillé le fond du sac.

La seule chose qu'il y avait aussi, c'était un très gros livre.

C'était vieux et usé.

Elle regarda la couverture.

C'était une compilation de plusieurs histoires BDSM.

Il jeta un coup d'œil à l'index pour constater que toutes les histoires concernaient le sexe.

Et pas n'importe quelle sorte de sexe, mais des histoires de domination et de soumission.

"C'est du harcèlement sexuel !" Pensée.

Cynthia ferma le livre et le posa sur la table voisine.

J'étais en colère, choqué et triste.

Elle ne savait pas comment se sentir.

Puis il se souvint du commentaire du professeur, selon lequel la lecture était facultative.

Elle pensait qu'elle devait faire tout ce qu'il lui demandait.

Mais elle n'obtiendrait rien non plus.

Après avoir réfléchi quelques instants, il réalisa qu'il n'y avait aucun dégât.

C'était juste un livre.

Il lui suffisait de lire ce qu'il aurait noté et d'en discuter avec le professeur.

Ensuite, elle obtiendrait l'aide du professeur.

Le gode irait plus tard à la poubelle, là où il appartenait.

Après une profonde inspiration, elle prit le livre et s'appuya sur l'oreiller pour se mettre à l'aise. Il y avait un marque-page au milieu du livre. Il l'ouvrit pour trouver l'histoire que le professeur lui avait assignée.

Elle a commencé à lire.

~~~

Résumé de l'histoire :

Erika était une femme indépendante, artiste et militante féministe pour les droits des femmes.

Il dirigeait une galerie d'art à succès dans le centre-ville.

Il est approché par un homme nommé Robert, qui lui propose de lui vendre certaines de ses propres œuvres.

Il lui montre des photos et elle est très impressionnée par les peintures qui apparaissent sur ses photos.

Mais lorsqu'elle visite son petit studio, elle découvre que la plupart de son travail est lié au BDSM et que cela n'apparaît pas sur ses photos.
~~~

Au mur se trouvaient des photos de femmes liées et jouissant.

Erika dit poliment à Robert qu'elle n'est pas d'accord avec le contenu de ses peintures, puis décline son offre d'achat d'une œuvre d'art.

Quelques jours plus tard, Robert continue de demander une relation commerciale avec elle.

Il lui envoie d'autres photos de lui, qui montrent cette fois les femmes ligotées et bâillonnées.

Ensuite, il y a eu des photos de femmes dans divers états d'orgasme intense.

Erika se sentait en conflit avec les images.

Elle les trouvait obscènes, mais de bon goût.

Ils la stimulaient définitivement d'une manière ou d'une autre.

Elle était intriguée.

Elle a accepté de le revoir pour discuter d'un éventuel accord.

Dans son petit studio, Robert l'a convaincue que le BDSM n'était pas si mal.

Il l'a convaincue que c'était quelque chose de beau et que les femmes prenaient beaucoup de plaisir.

Erika était sceptique, mais a accepté de faire l'expérience d'un esclavage léger à la demande de Robert.

Cela lui a ouvert la porte à Erika comme nouveau fétiche BDSM.

~~~

Après avoir lu l'histoire, Cynthia s'est sentie légèrement excitée.

Avec le stress des examens finaux à venir, le sexe était la dernière chose qui me préoccupait, mais l'histoire a changé la donne.

Elle était mouillée entre ses jambes.

J'étais fasciné par les personnages.

Elle est devenue fascinée par l'idée que le personnage féminin de l'histoire soit ligoté et utilisé sexuellement.
~~~

Soudain, le gode sac marron ne semblait plus être une si mauvaise idée...

CHAPITRE III

Le lendemain.

Cynthia était assise devant le bureau du professeur.

Il la regardait simplement sans dire un mot.

Il prit une autre gorgée de son café.

Plus le silence durait, plus ses retrouvailles devenaient inconfortables.

"Je veux savoir ce que tu as ressenti", dit-il, brisant le silence. "Je veux savoir comment ton esprit fonctionnait dans les moindres détails. Est-ce que ça te va ?"

"Je le suis."

"As-tu lu l'histoire que je t'ai assignée ?"

"Je l'ai fait. Je pensais que c'était bien écrit."

"Qu'est-ce que tu en as pensé d'autre ?" demandé. "Qu'avez-vous pensé de l'évolution du personnage principal ?"

Cynthia fit une pause un instant.

"Je pense que l'évolution du personnage principal est commune à beaucoup de gens. J'ai fait beaucoup de recherches sur la sexualité au fil des années. Les gens découvrent constamment leurs fétiches tout au long de leur vie. Il n'y a absolument rien de mal à l'exploration sexuelle. "Cela fait partie de être humain."

"Pensez-vous que cette histoire était réaliste ? Pensez-vous que quelque chose comme ça pourrait arriver à une fervente féministe ?"

"Pourquoi pas?" Elle a répondu . "Le personnage de cette histoire est humain comme tout le monde. Le fait qu'elle soit féministe a probablement alimenté le tabou de la soumission à un homme dominant. Ce n'est pas parce qu'une personne est féministe qu'elle ne peut pas profiter d'une vie sexuelle épanouie. . " .

Il a souri.

"Tu es une fille très intelligente. J'aime écouter tes idées."

« Est-ce que cela signifie que j'ai mérité votre recommandation ?

"Pas encore. Je veux savoir si tu as utilisé le jouet que je t'ai donné. L'as-tu utilisé sur toi-même pendant que tu lisais l'histoire ? Ou l'as-tu utilisé après ?"

Un air stupéfait apparut sur son visage.

"Que voulez-vous dire?"

"As-tu utilisé le gode sur toi-même ?"

"Je... je ne vois pas en quoi ça te regarde."

"Ce que vous direz sera confidentiel. Je prends ma retraite à la fin de l'année, vous vous souvenez ? Dans quelques semaines, vous ne me reverrez plus."

Elle réfléchit un instant.

"J'ai utilisé le gode sur moi-même après avoir lu l'histoire."

"A quoi étais tu en train de penser?"

"Sur le personnage principal à la fin de l'histoire. Vous savez, être ligoté."

"As-tu toujours eu un fétichisme du bondage ?" Il a demandé .

"Je ne pense pas que ce soit approprié. J'ai déjà fait tout ce que tu as demandé."

"Nous avons encore beaucoup de temps", a-t-il répondu. "Tu es une fille très spéciale. Tu travailles dur et tu es très déterminée. J'apprécie ces qualités et je veux que tu expérimentes les joies de la vie. Je n'essaie pas de te tromper. Tu devrais me faire confiance là-dessus."

"Que veut-il de moi?"

"Pour l'instant, je te confie une autre tâche."

"Ce sera la dernière ?"

"Peut-être," répondit-il. "En ce moment, tu as un A dans ma classe. C'est tout. Si tu m'écoutes, j'utiliserai mes relations en ton nom."

"Bien," acquiesça-t-elle.

"Lis la septième histoire de ce livre. Ensuite, je veux que tu te masturbes avec le gode. Demain, nous nous reverrons. Nous parlerons de l'histoire. Et je veux que tu me racontes tout sur ton orgasme. Peux-tu le faire ? "

"Ouais."

"Bien. Et nous ne nous rencontrerons pas dans mon bureau. Je vous enverrai le lieu du rendez-vous demain matin. Compris ?"

"Promets-tu d'utiliser tes relations pour moi ?"

"Je le promets."

"Alors c'est un accord."

TROISIÈME PARTIE
REDDEN PARTIE INFÉRIEURE

CHAPITRE I

Plus tard dans la même nuit.

Cynthia et Teresa ont fait la vaisselle ensemble après le dîner.

Ils avaient également cuisiné ensemble.

Après avoir séché et placé la vaisselle sur l'étagère, Teresa posa la serviette et s'appuya contre le comptoir.

"C'est la pire dernière semaine de ma vie", gémit Teresa. "Pourquoi ai-je dû me spécialiser en biologie ?"

"Parce que tu veux faire de bonnes choses de ta vie. Cela en vaudra la peine."

"Ça tu crois?"

"Je l'espère," Cynthia haussa les épaules.

"Eh bien, c'est rassurant."

Cynthia s'appuya également contre le comptoir de la cuisine et regarda sa meilleure amie.

"Je n'arrive pas à croire le chemin parcouru", a-t-il déclaré. "Quand nous étions jeunes, nous parlions du fait d'être adultes. Maintenant, regardez-nous. Nous sommes sur le point d'avoir de belles carrières."

Thérèse sourit.

"Encore un semestre et nous ne serons plus colocataires. Cela me donne envie de pleurer en y pensant."

"Tout ira bien. C'est pour le mieux."

Teresa hocha la tête.

"Tu as raison. Au train où vont les choses, tu te diriges vers la meilleure école de droit du pays."

"Cet accord n'a pas encore été conclu."

"Qu'est-ce qui se passe avec ce type de toute façon ? Pourquoi n'écrit-il pas simplement ce foutu truc et n'en finit-il pas comme un professeur normal ?"

"Il veut juste être minutieux, c'est tout", répondit Cynthia. "Je pense que nous terminerons après une autre série de questions sur mon parcours universitaire et mes objectifs futurs. Et ce genre de choses."

"Si je ne savais pas mieux, je dirais que ce type est intéressé à avoir quelque chose avec toi", a répondu Teresa avec un mauvais jeu de mots.

"Qu'est-ce qui te fait dire ça?"

"La façon dont il t'interpelle en classe. La façon dont il te regarde. C'est plutôt évident, enfin, pour moi en tout cas."

"Il traite tout le monde de la même manière en classe. En plus, il est marié."

"C'est étrange que je passe autant de temps avec toi ces derniers temps", nota Teresa. "Es-tu amoureux de lui, par hasard ?"

"Non!" Cynthia a répondu avec amusement et horreur. "Comment peux-tu dire quelque chose comme ça?"

Teresa a fait une drôle de tête.

"Mon Dieu. Je me demandais juste. Jésus. Ne sois pas si sur la défensive."

"De toute façon, j'aurai largement le temps de plaisanter sur tout ça plus tard. Pour le moment, j'ai besoin d'étudier. Tu n'es pas la seule personne à subir des examens brutaux."

"Alors nous ferions mieux de passer aux livres."

"C'est comme ca."

CHAPITRE II

Après avoir fermé la porte, Cynthia s'allongea confortablement sur le lit, appuyée contre l'oreiller.

C'était sa position préférée pour étudier.

Elle parcourut rapidement les livres et les notes de ses cours.

Elle était déjà prête et tout était en avance sur le calendrier.

Il ferma le tissu et reposa brièvement ses yeux.

Les devoirs du professeur étaient toujours en attente.

Il se demanda brièvement si Teresa avait raison de dire qu'elle développait un petit béguin pour lui.

Le pouvoir qu'il avait sur elle était un grand tabou.

Cynthia a mis ses affaires scolaires de côté et a pris le gros livre sur le BDSM. Il retourna à sa position confortable sur le lit et ouvrit le livre de la septième histoire.

Il a commencé à lire.

~~~

Résumé de l'histoire :

Samantha était une femme d'affaires prospère.

Elle avait un grand bureau dans un siège social.

Il avait pris l'habitude de donner des ordres à des hommes forts.

L'entreprise pour laquelle il travaillait avait été rachetée par une autre entreprise.

Soudain, elle a eu un nouveau patron masculin.

Le nouveau patron de Samantha était très différent de tous ceux avec qui elle avait travaillé dans le passé.

Le nouveau patron n'a pas été intimidé par sa beauté.

Il respirait la confiance et le sex-appeal de Samantha ne fonctionnait pas sur lui.
~~~

Il s'est immédiatement imposé comme le responsable.

Il s'est imposé comme leur supérieur.

À la fin de l'histoire, elle recevait des visites hebdomadaires de sa part dans son bureau privé pour lui faire savoir qu'elle était soumise.

Samantha s'est retrouvée attachée et fouettée sur son propre bureau.

Il a utilisé le trou qui lui convenait le mieux.

Parfois, il lui baisait la bouche, d'autres fois, il la baisait analement.

C'était son nouveau rôle dans l'entreprise.

~~~

Cynthia ferma le livre et écarta les bras et les jambes sur le lit.

Il y avait une sensation de picotement entre ses cuisses.

Au fond, elle se sentait coupable d'être excitée par une histoire dans laquelle un homme dégradait sexuellement une femme forte.

Mais elle était quand même excitée.

La tâche du professeur était claire : il voulait qu'elle utilise le gode.

Il fouilla dans son tiroir pour attraper le jouet sexuel.

Puis il a complètement enlevé ses vêtements du bas.

Elle s'est allongée sur le lit, les jambes écartées et a commencé à lui caresser la chatte avec ses doigts.

Lorsqu'elle fut suffisamment excitée et mouillée, elle inséra le jouet sexuel à l'intérieur.

Le jouet entrait et sortait de sa chatte.

Il gardait les yeux fermés.

Elle imaginait des pensées obscènes du personnage féminin du livre se faisant baiser oralement alors qu'il était attaché à son bureau.

Elle essaya de garder sa masturbation silencieuse pour que Teresa ne l'entende pas.

Son esprit était occupé, tout comme ses doigts guidant le jouet sexuel.

Peu de temps après, ses orteils se recourbèrent et son dos se cambra légèrement.
~~~

Elle ferma la bouche pour ne pas émettre de forts gémissements.

Elle est venue.

Puis son corps se détendit et il s'allongea sur le lit avec un sentiment de bonheur.

Cela avait été un fantasme très sale.

Si seulement j'avais découvert cela plus tôt...

CHAPITRE III

Le lendemain.

Il était huit heures du matin.

Cynthia avait suivi les instructions que le professeur lui avait envoyées par email.

Elle portait un joli haut boutonné avec une jupe crayon de type bureau.

Au lieu de se rencontrer dans son bureau, ils se sont rencontrés devant une salle de classe vide, qu'il a déverrouillée avec sa clé.

Il portait un sac en papier.

Après être entré dans la salle de classe, il a verrouillé la porte.

"Asseyez-vous", dit-il en allumant les lumières.

"Je suis un peu nerveuse aujourd'hui", dit Cynthia presque enjouée alors qu'elle traversait la pièce vide.

"Parce que?"

"Tout ce que nous avons fait. Cette salle de classe."

"Ne sois pas nerveux", répondit-il. "Tu n'as pas besoin de l'être."

"J'espère que non."

Cynthia était assise au premier rang de la grande salle de classe.

"Bon choix", sourit-il. "Les bonnes filles sont toujours assises au premier rang. J'aime les bonnes filles."

"Avez-vous déjà fait ça?"

"Fait quoi?"

"Ça," répondit-elle. "Avez-vous obligé d'autres étudiants à faire des choses sexuelles pour vous en échange de votre lettre de recommandation ou d'une bonne note ?"

"J'ai une carrière universitaire prestigieuse, Cynthia. Je ne risquerais pas ma réputation en faisant appel aux faveurs d'étudiants au hasard."

"Alors pourquoi me faire ça ?"

"Parce que tu es spécial", dit-il sans détour. "Tu m'as intrigué depuis la première fois que je t'ai vu. Tu m'as intrigué à chaque fois que tu parles en classe et à chaque fois que je lis ton travail. Tu es une personne spéciale. Et tu es la plus belle élève que j'ai jamais eue."

"Des propos flatteurs, mais comment sais-tu que je ne porterai pas plainte contre toi pour harcèlement sexuel ? Je l'ai déjà fait avec d'autres hommes."

"Tu ne le feras pas. Tu es trop déterminé pour en finir avec ça maintenant. J'ai quelque chose que tu veux désespérément. Alors, devrions-nous commencer maintenant ? Plus tôt nous commencerons, plus tôt nous aurons fini."

Elle hocha lentement la tête.

"Avant."

"As-tu lu l'histoire hier soir ?"

"Je l'ai fait."

"Qu'est-ce que tu en penses?"

Elle réfléchit un instant.

"Je pensais que c'était passionnant. Je n'avais jamais lu ce genre de choses auparavant. J'ai toujours pensé que le sexe devait être égal entre les hommes et les femmes. Tout devrait être égal. Et évidemment, mes tendances politiques sont du côté féministe. Mais c'était très excitant de le lire. J'ai adoré.

"Je suppose que tu t'es encore masturbé avec le gode."

"Je l'ai fait."

"A quoi as-tu pensé spécifiquement en le faisant ?" demandé.

"Le personnage féminin est attaché à son bureau. Elle est utilisée. Ce genre de chose. C'était la partie la plus érotique de l'histoire."

Le professeur désigna son sac marron.

"Je pensais que tu apprécierais cette scène. Heureusement, je suis arrivé préparé. Et heureusement, nous sommes dans une salle de classe vide avec un grand bureau. Voudrais-tu expérimenter quelque chose de nouveau ?"

"Je ne pense pas que ..."

"La porte est fermée Cynthia. Personne ne le saura jamais. Et je ne le dirai jamais. J'ai trop à perdre. Je prends ma retraite à la fin de l'année et vous n'aurez plus jamais à me revoir. Je peux aussi vous aider avec des bourses et d'autres moyens de rendre votre éducation plus abordable. Nous pouvons nous entraider.

Il a lutté émotionnellement pendant un moment.

"Je ne sais pas. Je ne suis pas ce genre de personne."

"Je ferai tout le travail. Tu n'as rien à faire. Je ne vais pas te pénétrer oralement ou vaginalement. Je veux juste explorer."

"Et si je veux arrêter ?" elle a demandé.

"Alors nous arrêterons."

"D'ACCORD."

"Venez devant la classe. Allongez-vous, le ventre sur la table des professeurs."

Cynthia se leva et se dirigea vers la table d'honneur.

Elle a fait de son mieux pour afficher un visage courageux.

C'était une ligne qu'elle n'aurait jamais pensé franchir avec un homme, mais elle l'était.

Elle était prête à laisser son corps être utilisé par un professeur beaucoup plus âgé, tout cela dans le but de poursuivre ses études.

Elle s'est juré que personne ne le saurait jamais.

Il posa son ventre et sa poitrine sur la table, face à la salle de classe vide.

Elle ferma les yeux, presque honteuse.

Elle entendit le professeur marcher derrière elle.

Puis elle sentit ses mains glisser doucement le long de la jupe crayon de son bureau, la soulevant.

"Détendez-vous", dit-il. "Je serai gentil avec toi. Tu es en sécurité avec moi."

Le professeur a doucement baissé sa culotte et elle a soulevé chaque pied pour qu'il puisse les enlever.

Elle se sentait vulnérable et exposée avec sa robe relevée et sans culotte.

Il entendit le sac en papier s'ouvrir.

Elle a continué en fermant les yeux.

J'avais trop peur pour regarder.

Puis il sentit ses chevilles être attachées avec une corde souple.

Elle n'a pas résisté et ne s'est pas opposée.

C'est arrivé très vite.

Avant d'y réfléchir à deux fois, ses chevilles furent attachées au bout des pieds de la table.

Le professeur fit le tour de la table et répéta le processus avec ses poignets.

Dans un processus tout aussi rapide, les poignets de Cynthia furent attachés au bout de la table.

Elle était complètement retenue et attachée.

"S'il vous plaît, détendez-vous", dit-il. "Les choses seront ainsi plus faciles."

Le professeur a doucement giflé les fesses nues de Cynthia.

Ce fut un choc et une surprise pour elle.

Cela lui fit écarquiller les yeux.

Même quand elle était petite, elle n'avait jamais reçu de fessée.

C'était une nouvelle sensation.

Avant qu'elle puisse gérer émotionnellement la situation, une autre fessée est arrivée.

Ensuite un autre.

Les douces fessées devenaient de plus en plus dures.

Les fessées ont commencé à résonner dans la grande salle de classe universitaire.

"Comment vous sentez-vous?" lui demanda-t-il d'une manière paternelle. "Etes-vous capable de gérer ça ?"

"Ça pique un peu."

"Ce sera bientôt fini. Plus tôt tu jouiras, plus vite nous aurons fini."

Ses yeux restaient grands ouverts.

Combien de temps avant que je jouisse ?

Il avait l'intention de la faire jouir, et elle n'a pas résisté.

Elle n'a pas riposté.

Elle ne lui a pas dit de se faire foutre.

Ses valeurs féministes s'érodaient, et au fond, elle aimait ça.

Il entendit le bruit du professeur qui fouillait dans son sac marron.

J'étais nerveux et je ne savais pas à quoi m'attendre.

Lorsqu'il laissa tomber le sac, elle découvrit ce qu'elle cherchait.

Il y eut une autre gifle sur son derrière exposé.

Ce n'était pas avec sa main.

Maintenant, j'avais une petite pelle en caoutchouc.

La pelle lui faisait plus mal que sa main nue.

J'ai eu une sensation de picotement.

Il a continué à lui marteler les fesses nues.

Cela a commencé à faire encore plus mal.

Ses fesses ont pris une teinte rouge vif.

Elle se mordit la lèvre inférieure et essaya de ne pas pleurer comme une petite fille idiote.

Elle ne voulait pas paraître faible devant son professeur dominateur et fort.

La douleur augmentait.

Le professeur a continué à frapper plus fort et plus vite.

Elle avait envie de pleurer.

Soudain, il s'arrêta.

Elle l'écouta poser la pagaie sur la table, puis il s'agenouilla pour caresser doucement ses fesses brûlantes.

Il l'a frotté doucement.

Il lui donna de doux baisers.

Puis il s'est penché et a joué avec son clitoris gonflé.

"Oh..." gémit-elle.

Elle a pu éviter de faire du bruit pendant la fessée, mais pas grâce à la stimulation directe de son clitoris gonflé.

Le professeur lui frotta le clitoris dans un mouvement circulaire rapide avec deux doigts.

De son autre main, il continuait à caresser ses fesses douloureuses.

Il a continué à lui embrasser doucement les fesses comme s'il l'adorait.

Il lui a même donné quelques coups de langue.

"Je pense que je vais jouir", a-t-elle admis avec embarras.

"Jouis pour moi, chérie. Sois mon petit chaton sexuel et vis un merveilleux orgasme."

Il pressa son visage contre ses fesses douloureuses et continua de lui frotter furieusement le clitoris.

Les yeux de Cynthia révulsèrent.

Sa bouche était grande ouverte.

Son corps se tendit.

Les muscles de son dos et de ses jambes se contractèrent, mais il ne pouvait pas bouger puisque ses membres étaient attachés au bureau.

De doux gémissements s'échappèrent de sa bouche.

Bientôt, une petite rivière de fluides clairs jaillit de sa chatte chaude.

Le professeur n'arrêta pas ses mouvements avec ses doigts jusqu'à ce que tout soit réglé.

Puis il lui a donné un autre baiser.

Le professeur se leva et embrassa Cynthia sur le côté du visage.

Il lui embrassa aussi les cheveux plusieurs fois.

Lorsque le professeur a détaché Cynthia, elle s'est assise par terre en position fœtale.

Son corps ressemblait à de la gelée.

Sa force avait disparu.

Le professeur s'assit par terre à côté d'elle.

"Tu es merveilleux", dit-il. "Vraiment merveilleux."

"Est-ce que c'est ce que tu voulais ?" » répondit-elle en prenant une profonde inspiration.

"C'était plus que ce que je voulais. Tu es vraiment incroyable."

"Est-ce que ça veut dire que nous avons fini ?" » Demanda-t-elle, ne sachant pas s'il voulait que ça se termine ou non.

"Non. Nous ne sommes même pas près d'avoir terminé. Pour l'instant, vous avez obtenu un A+ dans ma classe. Mais vous n'avez pas encore gagné mes relations. Si vous continuez, je ferai de mon mieux pour vous obtenir. dans la faculté de droit de votre choix. Et je vous aiderai à obtenir des bourses pour tout payer.

"Qu'est-ce que je dois faire?"

"Maintenant, je veux que tu continues à étudier pour tes autres examens. Tu es un étudiant de type A. Tu devrais agir comme ça."

"Et après?" elle a demandé. « Que se passera-t-il une fois qu'il aura passé les examens ?

"Envisagez-vous d'aller quelque part ? Habitez-vous près de la maison de votre famille ? Ou restez-vous dans un dortoir commun ?"

"Je partage un appartement avec mon colocataire. Nous rentrons tous les deux chez nous après la semaine des examens. Nous avons des vols prévus. Pourquoi ?"

Le professeur se passa la main dans les cheveux.

"Annulez votre vol. Reprogrammez-le quelques jours plus tard."

"Mais ma famille ? Ils m'attendent bientôt à la maison."

"Je n'aurai besoin que de quelques jours. Dites-leur que vous terminez un projet important pour l'école. Ils comprendront."

"Qu'est-ce-qu'on va faire?" elle a demandé.

"Quand ton colocataire part, je veux visiter ton appartement. Je veux voir comment tu vis. Je veux prendre mon temps avec toi. Je veux que nous soyons seuls ensemble. Je suis curieux de toi sur le plan personnel. Comme Je l'ai déjà mentionné, je suis très intéressé par toi." . Tu me fascines ".

"Et... sexuellement... Quels sont tes projets pour moi ?"

Il a souri.

"Nous allons trouver une solution."

"Tu ne vas pas me foutre en l'air. J'ai un petit ami et c'est là que je fixe la limite."

« Que peux-tu faire pour moi alors ? »

Elle réfléchit un instant.

"Tu peux encore me donner une fessée."

"Veux-tu me sucer la bite ?"

Elle hocha la tête avec hésitation.

"D'accord. Mais ce serait tout."

"Nous ferions mieux d'y aller. N'oubliez pas vos culottes. Elles sont sur la table. Et n'oubliez pas nos projets. Je vous promets que tout en vaudra la peine."

Sur ce, le professeur se leva et remit les cordes et la pagaie dans le sac marron.

Puis il partit, la laissant seule dans le salon.

Cynthia a continué à s'asseoir en position fœtale alors qu'elle rassemblait ses pensées.

La sensation orgasmique parcourait toujours son corps.

Il ne pouvait toujours pas dire s'il aimait l'expérience de l'esclavage ou s'il la détestait.

Mais la petite flaque de liquide qu'il avait laissé derrière lui lui donna la réponse.

QUATRIÈME PARTIE
AU-DELÀ DE CE QUI A ÉTÉ CONVENU

Une semaine après.

Cynthia a regardé par la fenêtre de son appartement pour admirer la vue qui se déroulait à l'extérieur de sa maison.

J'étais seul.

Teresa était déjà partie après avoir terminé tous ses examens finaux.

Cynthia aurait dû partir aussi.

Elle aurait déjà dû être à la maison avec sa famille.

Au lieu de cela, elle attendait le professeur.

Je lui avais déjà donné l'adresse.

Elle attendit dans un état méditatif qu'il vienne.

Elle portait une jolie robe bleue.

C'était élégant et décontracté.

Elle était pieds nus et ne portait rien sous sa robe.

Tout ce qu'il avait fait avec le professeur était contre sa nature.

Il était contre les valeurs fortes avec lesquelles il avait été élevé.

Et c'était à l'encontre des valeurs que je souhaitais défendre en tant que futur avocat.

Mais le professeur lui avait offert le meilleur orgasme de sa vie.

Je pensais à cet orgasme tous les jours.

Il se masturbait en pensant au professeur tous les soirs.

Il se demandait ce qu'il avait prévu.

La cloche de la porte de la rue sonna et elle laissa le professeur entrer dans le bâtiment.

Elle ouvrit la porte de l'appartement et l'attendit.

Alors qu'il sortait de l'ascenseur et arrivait à l'étage de son appartement, elle lui sourit.

Il était vêtu d'une tenue semi-décontractée et portait un sac en papier marron.

Ils se saluèrent et il entra dans son appartement en toute confiance, comme s'il y habitait.

Cynthia ferma la porte et il regarda autour de lui après avoir enlevé ses chaussures.

« Bel endroit », dit-il tout en continuant à inspecter la pièce.

"Merci. Je vis ici depuis presque quatre ans avec mon colocataire. Nous avons fait de notre mieux."

"En as-tu parlé à ton colocataire ?"

"Non. Pour l'amour de Dieu, non. Je ne l'ai dit à personne. Et je ne le ferai jamais."

"Je devrais continuer comme ça", acquiesça-t-il. "Tu es magnifique dans cette robe. Tu es comme un cadeau qui attend d'être ouvert."

"Merci," répondit-il nerveusement. "Puis-je t'offrir quelque chose à boire?"

"Je vais bien. Cela vous dérange-t-il si nous nous asseyons et parlons ?"

"Bien sûr."

Ils s'assirent tous les deux sur le canapé du salon.

"J'ai un cadeau pour toi", dit-il.

Il fouilla dans le sac marron et tendit une enveloppe à Cynthia.

Elle l'ouvrit et vit une lettre dactylographiée sur un morceau de papier portant les marques et titres officiels de l'université.

Il feuilleta rapidement la page.

Il s'agissait d'une lettre de recommandation élogieuse du professeur, qui disait que Cynthia était sans aucun doute l'étudiante la plus intelligente qu'il ait jamais rencontrée.

Il a également salué avec enthousiasme son caractère moral et son éthique de travail.

Il y a même eu une longue déclaration sur la passion de Cynthia pour les droits des femmes.

"Je... je suis sans voix", réussit-elle à dire. "C'est merveilleux. C'est mieux que tout ce qui aurait pu être écrit pour moi."

"Vous n'aurez probablement pas besoin de cette lettre. J'ai déjà parlé à un vieil ami qui travaille dans une faculté de droit de premier plan. Votre candidature fera l'objet d'une évaluation spéciale."

"Quelle école?"

"Un niveau supérieur. Vous y serez très heureux. J'ai également parlé avec des gens d'éventuelles bourses. Tout s'arrangera ces jours-ci."

Elle posa ses mains sur sa poitrine.

"Vous n'imaginez pas à quel point cela me rend heureux. Je veux dire, WOW. C'est plus que ce que j'aurais pu espérer. Cela va vraiment changer ma vie."

"Je n'ai jamais fait autant pour un étudiant. Je fais juste ça pour toi."

"Je ne sais pas quoi dire".

"Tu n'as rien à dire," dit-il sévèrement. "Si vous voulez exprimer votre gratitude, enlevez votre robe."

C'était un moment qui donne à réfléchir.

Son moment d'excitation insouciant s'est heurté à la réalité qu'il y avait des conditions à remplir.

Elle inspira profondément et se leva.

Leurs yeux étaient fixés l'un sur l'autre.

Ses doigts pincèrent le bas de sa robe bleue.

Elle a ensuite soulevé sa robe par-dessus sa tête pour révéler ses jambes fines, sa chatte rasée et ses petits seins rebondis aux tétons roses.

Elle se tenait nue devant lui, faisant de son mieux pour garder un visage courageux.

Elle essayait de ne montrer aucun signe de nervosité ou d'excitation.

Mais ses doigts légèrement tremblants trahissaient sa nervosité.

Et ses tétons roses durcis devinrent complètement rigides, montrant son excitation.

"Parfait", dit-il, ses yeux parcourant sa nudité de la tête aux pieds. "Vous êtes une vision de la perfection."

"Merci."

"Je suis sûr que vous vous demandez ce qu'il y a dans le sac. Vous avez l'air nerveux. Ne vous inquiétez pas, je ne suis pas un sadique. Je suis juste un homme normal avec un fantasme très commun."

Ses yeux continuaient de parcourir chaque centimètre carré de son corps, admirant sa beauté.

"De quel fantasme s'agit-il ?" » demanda-t-elle avec une véritable curiosité.

Il se leva et fouilla dans le sac.

Il réfléchit un instant à donner une réponse définitive à la question de Cynthia.

"J'aime les femmes intelligentes et indépendantes. Quelqu'un comme vous. J'ai découvert des ouvrages sur l'esclavage sexuel il y a des années et je me suis sentie étrangement attirée par cela. Je me sentais très coupable, car j'ai toujours été une grande partisane des droits des femmes." comme toi. Mais c'est juste un fantasme sexuel, n'est-ce pas ? Personne n'est blessé. Et tout le monde l'apprécie. Tu n'es pas d'accord ?"

" Ouais ".

"C'est un fantasme très courant. Il n'y a aucune honte à en profiter. Il ne devrait pas y en avoir."

Le professeur sortit du sac un collier noir.

Cela semblait érotique, mais intimidant.

Il a été conçu spécifiquement à des fins sexuelles.

"Qu'est ce que c'est?" elle a demandé.

"C'est un collier pour ton cou. Je pense qu'il t'ira bien. Il est écrit 'salope' dessus. C'est un nom amusant pour notre temps ensemble."

"As-tu fait ça avec d'autres femmes ?"

"Non. Je n'ai jamais eu le courage. Je n'ai jamais été très courageux."

"Tu as mon maintenant."

Il a souri.

"Tu as raison. Je t'ai compris. Maintenant, détends-toi pendant que je te mets le collier."

Le professeur posa le sac sur le canapé et brossa les cheveux de Cynthia.

Il enroula le collier autour de son cou et commença à le resserrer.

Il faisait attention à ne pas le laisser trop serré.

Je ne voulais pas qu'il soit dépassé ou étouffé.

Il voulait juste la mettre un peu mal à l'aise, et il l'a fait.

Lorsqu'il recula, Cynthia était nue, à l'exception du collier avec le mot PUTAIN placé sur le devant de sa gorge.

"Regardez-vous dans le miroir", dit-il.

Cynthia se dirigea vers le miroir du salon, qui se trouvait juste à côté de la porte d'entrée.

Elle regarda son corps nu.

Elle regarda le collier autour de son cou qui la qualifiait de pute.

C'était contraire à tous les principes qu'elle avait défendus.

Elle avait honte d'elle-même.

Mais en même temps, elle se sentait très excitée.

Personne ne peut rien savoir de cela.

Jamais.

"Que penses-tu?" » Demanda-t-il, debout derrière elle avec une corde à la main.

"C'est un spectacle provocateur."

"C'est vrai. Maintenant, joins tes mains. Je vais t'attacher."

Cynthia joignit les mains et le professeur lui attacha les poignets avec une douce corde noire alors qu'il se tenait toujours derrière elle.

Cela n'a pas pris longtemps.

En quelques instants, leurs mains se joignirent.

"Maintenant que?" Elle lui a demandé.

Il revint avec désinvolture tout en la regardant.

Il se tenait au centre de la pièce et la regardait directement dans les yeux.

"Maintenant, je veux que tu me suces la bite. Je suis sûr que tu es très doué pour ça. Je veux que tu sois un chaton sexuel obéissant et que tu me montres à quel point tu peux sucer."

Cynthia se dirigea vers lui, les mains liées.

Il était beaucoup plus grand qu'elle.

Après un bref contact visuel, elle s'agenouilla et commença à déboutonner son pantalon avec ses mains liées.

Elle a baissé son pantalon jusqu'aux chevilles pour révéler un pénis semi-érigé.

Elle le regarda un instant.

Elle était un peu plus grande que celle de son petit ami.

Il le tint dans sa main et le caressa brièvement avant de s'arrêter pour réfléchir.

Elle hésita.

"Je veux que vous sachiez que je ne fais pas ça normalement", dit-il après réflexion. "Je n'ai fait ce genre de choses que dans les relations. J'ai toujours été contre les femmes qui utilisent leur corps ou leur sexualité pour obtenir ce qu'elles veulent."

"C'est exactement pourquoi je veux ma bite dans ta bouche."

Le commentaire l'a un peu offensée.

Mais cela lui envoyait quand même un picotement entre les jambes.

Elle se pencha pour lui sucer la bite.

Elle avait toujours aimé sucer la bite de tous ses copains.

C'était quelque chose qu'il appréciait depuis la première fois qu'il le faisait.

C'était devenu pour elle une expérience sexuelle très excitante.

Et il n'y a jamais eu de plaintes.

Elle avait toujours reçu des critiques élogieuses pour ses compétences en matière de sexe oral.

Avec ses lèvres enroulées autour de la bite, elle secoua la tête pendant qu'elle suçait.

Ses poignets liés limitaient les mouvements de ses mains.

Sa langue tourbillonnait autour de la tête et du sexe.

Elle leva les yeux vers le professeur au-dessus d'elle alors qu'elle continuait à sucer.

Ils établirent un contact visuel, ce qui était à la fois excitant et partiellement humiliant.

Elle détourna le regard alors qu'elle commençait à enfoncer sa bite plus profondément dans sa bouche.

Puis elle a sucé chacune de ses couilles.

"Tu es doué pour ça," gémit-il. "Je savais que tu le serais. Tu as les lèvres parfaites pour ça."

"Merci", murmura-t-il après avoir brièvement retiré sa queue de sa bouche.

Elle retourna au travail, espérant le faire jouir le plus vite possible.

Plus elle faisait d'efforts pour lui sucer la bite, plus elle devenait excitée dans le processus.

Il n'avait pas besoin de toucher sa chatte pour se rendre compte qu'elle était trempée entre ses jambes.

"C'est assez pour l'instant", dit-il. "Je veux que tu te penches sur la table de la salle à manger. Sur le ventre. Nous allons faire l'amour dans un instant."

Elle le regarda stupéfaite.

"Notre marché était pour une pipe. C'est tout."

"Les offres peuvent toujours être améliorées."

"S'il te plaît. J'ai juste accepté de te faire une pipe."

"Touchez-vous entre vos jambes. Votre corps sait ce qu'il veut. Si vous êtes sec , alors je sortirai et vous donnerai tout ce que vous voulez. Si vous êtes mouillé, nous avons encore du travail à faire."

Le professeur était persistant.

Cynthia savait que c'était logique.

Son cœur le voulait.

Sa chatte le voulait.

Cela ne servait à rien de se battre.

Quoi que vous en fassiez, vous vous sentirez bien.

Il va encore la faire jouir.

Alors pourquoi refuser ?

Il se leva et se dirigea vers la table de la salle à manger, qui n'était qu'à quelques mètres.

Elle se pencha et posa ses mains, son visage, ses seins et son ventre sur la table.

La table où elle avait partagé d'innombrables repas avec sa meilleure amie était soudain devenue un lieu de satisfaction sexuelle.

Elle se demandait ce qu'il ferait ensuite, mais elle n'en avait aucune idée.

Elle ne savait pas à quoi s'attendre.

Il entendit le bruit du sac qui bougeait pendant que le professeur cherchait.

Le professeur a attaché ses mains liées aux pieds de la table à l'aide d'une corde noire supplémentaire.

Les poignets de Cynthia étaient complètement retenus et elle ne pouvait pas bouger ses bras.

Le professeur a également attaché chacune de leurs chevilles au bas de la table.

Les jambes de Cynthia étaient écartées, et sa chatte et son anus étaient grands ouverts.

"Savez-vous ce qu'est un fléau ?" demandé.

"Oui," répondit-il nerveusement.

"Je vais l'utiliser sur toi. Ne t'inquiète pas. Je ne vais pas te faire de mal. Cela pourrait faire un peu mal. Dis-moi si c'est trop."

Cynthia serra fermement la corde tandis que le fouet frappait ses fesses.

Le deuxième coup fut plus violent.

Il ne se souvenait que trop bien de la sensation de la dernière fessée.

C'était un sentiment qu'il n'oublierait jamais.

Mais la flagellation était bien plus puissante que la pelle.

Chaque extrémité de la flagellation envoyait une sensation de picotement dans sa chatte et sa colonne vertébrale.

Chaque extrémité du flagelle la stimulait sexuellement.

La flagellation s'est déplacée vers le haut du dos.

Le cliquetis était fort près de son oreille.

Ça piquait.

Elle commençait à gémir à chaque fois qu'elle était frappée.

La douleur devenait de plus en plus aiguë.

Mais le plaisir aussi.

C'est devenu une combinaison puissante et parfaite.

Il lui a donné une fessée violente dans le dos et sa chatte est devenue mouillée.

Elle gémissait bruyamment à chaque coup.

Lorsque son dos devint rouge, il dirigea son attention vers le bas, frappant l'arrière de ses cuisses.

La zone était si sensible qu'elle la faisait presque crier.

Cynthia serra la corde plus fort dans l'espoir de soulager la douleur.

La flagellation s'est déplacée vers chacune des fesses de Cynthia.

C'était l'endroit qui lui procurait le plus de plaisir.

Chaque extrémité du fouet la frappait fort et la rendait encore plus excitée.

La flagellation s'est arrêtée pendant un moment de miséricorde et le professeur a inséré deux de ses doigts dans sa chatte.

"Mon Dieu", dit-il. "Tu es comme un robinet. La pauvre."

"Je... j'ai besoin de jouir."

Il a souri.

"Dans quelques instants, chérie. Nous devons d'abord terminer nos préliminaires."

Le professeur est revenu à sa position de fouet et a doucement donné une fessée à Cynthia juste entre les fesses.

Elle gémit lorsque les extrémités de la fessée frappèrent directement la peau ultra-sensible de sa chatte et de son anus.

Il la laissa s'habituer à la douleur pendant un moment avant de lui envoyer un autre coup dans sa direction.

Il a continué à lui donner une fessée sur la chatte et l'anus.

Il baissa la fessée et utilisa sa main ouverte pour gifler sa zone sexuelle sensible.

La fessée était douce au début.

Mais ensuite, il augmentait la force à chaque fessée.

Il s'est même assuré de lui donner une fessée sur son clitoris gonflé, ce qui la faisait gémir comme une pute.

Sa main est devenue humide du liquide de la chatte de Cynthia après chaque fessée.

"Je pense que tu es prêt. Tu veux jouir maintenant ?"

"Oui," gémit-elle.

"Tu as été une bonne fille. Alors c'est juste que je t'oblige à le faire."

Il fouilla de nouveau dans le sac.

Cynthia ne voyait pas ce que cherchait le professeur.

Tout ce que j'entendais, c'était le bruit de la bourse.

Elle sentit alors ses doigts écarter ses lèvres alors qu'il insérait un objet.

C'était un jouet sexuel.

Lisse et parfaitement formé.

Il se glissa facilement dans sa chatte du fait de sa petite taille, ce qui la déçoit un peu.

Elle avait besoin de quelque chose de plus grand.

L'objet sexuel s'est retiré de sa chatte, ce qui l'a encore déçue.

Alors que l'objet se pressait contre l'anneau extérieur de son anus, elle réalisa ce qui se passait.

Le professeur a simplement inséré l'objet dans sa chatte pour la lubrifier.

L'objet sexuel était destiné à ses fesses.

Elle se prépara alors que le petit jouet sexuel était lentement poussé dans son anus.

Il a pénétré l'anneau serré et est entré dans son rectum.

Le professeur prenait son temps et faisait les choses lentement, ne voulant pas lui faire de mal.

Et elle appréciait les sensations d'étirement.

Bientôt, il a oublié la douleur qu'il ressentait à cause de la flagellation.

La légère douleur du sextoy dans son cul était bien plus puissante et excitante.

Une fois le petit jouet sexuel dans ses fesses, le professeur l'a laissé là comme stimulation.

Puis, le bruit d'un paquet qu'on ouvre résonna dans la pièce silencieuse.

"Qu'es-tu en train de faire?" » demanda Cynthia, le visage toujours baissé.

"Je mets un préservatif. Je vais te baiser la chatte parce que tu es une salope."

Ces mots lui envoyèrent un picotement dans le dos et un frisson dans sa chatte.

Même si ses chevilles étaient liées, il faisait de son mieux pour écarter davantage ses jambes.

Elle voulait se faire baiser.

Elle voulait être utilisée comme un morceau de viande.

Elle savait que le professeur ne la laisserait pas tomber.

Il attrapa fermement ses hanches et pressa sa bite dure contre ses lèvres.

Il poussa doucement et entra.

Ce fut une entrée facile car elle était étendue et profondément excitée.

La chatte de Cynthia était une masse de désir brûlant.

Le professeur savourait la sensation de la chatte de son étudiant.

Puis il poussa jusqu'au bout, obligeant Cynthia à presser son visage contre la table et à haleter.

Le professeur posa ses deux mains sur les épaules de Cynthia, la soulevant.

Il bougea lentement ses hanches, la baisant.

Cynthia gémissait à chaque fois qu'il enfonçait sa bite dans son corps.

Les mains liées, il serra fort tout en tirant sur la corde.

Sa chatte délicate recevait une baise dure et ses gémissements devenaient plus forts.

Il lui caressa les cheveux d'une main, s'assurant qu'ils étaient derrière son dos.

Puis il tendit la main avec la même main pour caresser l'un de ses petits seins, pinçant le mamelon rose et gonflé.

"Es-tu ma pute ?" » demanda-t-il d'une voix dépravée.

"Ouais."

"Dis-le."

"Je suis ta pute", gémit-il. "Espèce de sale pute."

Il a continué à la baiser encore plus fort.

Il a continué à lui serrer l'épaule d'une main et à fléchir ses seins avec son autre main.

"Tu n'es pas féministe avec moi, n'est-ce pas ?"

"Non."

"Qu'est-ce que tu es?" demandé.

"Je suis ta pute", gémit-il. "J'ai besoin d'être traité comme ça."

Il l'a baisée encore plus fort.

Son sexe chaud faisait de forts bruits de claquement depuis son entrejambe qui frappait son cul mou à chaque fois qu'il donnait une poussée.

Ses gémissements se sont transformés en bruits de respiration irréguliers alors qu'il commençait à perdre le contrôle de ses sens corporels.

Elle lâcha prise.

Elle a entièrement donné son corps au professeur.

Elle était entièrement à lui.

Il a utilisé ses deux mains pour lui caresser les seins et lui pincer fort les tétons, la faisant haleter de douleur.

Il les pinça plus fort, la faisant haleter un peu plus.

"J'ai... besoin de jouir..." dit-elle faiblement.

"Dis-le plus fort !"

"J'ai besoin de jouir ! S'il te plaît !"

Il savait exactement quoi faire.

Le professeur baissa les mains.

Un pour soutenir votre hanche.

L'autre se pencha pour caresser son clitoris.

Cynthia gémit au moment où il frotta son clitoris dans un mouvement circulaire.

À ce moment-là, Cynthia était stimulée par sa chatte en train de se faire baiser, le jouet sexuel dans son cul et le doigt jouant avec son clitoris.

Elle a crié fort, sans se soucier si les voisins pouvaient l'entendre.

Ils l'ont probablement fait.

Celui qui écoutait serait probablement excité.

Elle s'en fichait.

Cynthia a crié et ses doigts se sont courbés.

Ses bras et ses jambes tiraient sur la corde de toutes ses forces, mais en vain.

Son bas du dos essayait de se cambrer, mais la prise était trop forte.

Son visage se tordit de plaisir.

Ses yeux s'écarquillèrent.

Elle est venue.

Puissamment.

Les liquides étaient partout.

Sa petite chatte était devenue une bite sexuelle.

Le professeur approchait de son orgasme.

Même lorsque le corps de Cynthia était devenu mou et vidé de son énergie, il a continué à baiser sa chatte trempée jusqu'à ce qu'il soit satisfait.

Il a injecté de grandes quantités de sperme dans le préservatif qu'il portait.

Il grogna, puis ses poussées s'arrêtèrent avant de s'allonger sur le dos de Cynthia pour se reposer.

Ils étaient tous les deux complètement en sueur à la fin du sexe.

Il n'arrêtait pas d'embrasser les cheveux à l'arrière de sa tête.

"Tu es une déesse", grogna-t-il, essoufflé. "Une vraie déesse. Tu as rendu un homme complètement heureux."

Cynthia était toujours épuisée et respirait difficilement.

« Et votre femme ne le fait pas ? » Dit-elle dans un soupir.

"Et ton petit ami?" Dit-il également dans un soupir.

Ils rirent tous les deux.

"Détachez-moi," réussit-elle à parler à nouveau doucement avec un léger souffle.

Le professeur a sorti sa bite flasque recouverte d'un préservatif de sa chatte et a commencé à la détacher.

Lorsqu'elle fut libre, Cynthia s'allongea sur le sol, dans ses propres sécrétions vaginales.

Le professeur s'assit à côté d'elle, caressant ses doux cheveux.

"Je vais te donner ce que tu veux. Je ferai de mon mieux. Tu es magnifique."

Elle le regarda.

"Toi aussi. Je n'ai jamais... jamais joui comme ça auparavant."

"Nous avons encore quelques jours pour être ensemble. J'ai l'intention d'en profiter au maximum. Pendant les prochains jours, tu seras mon sale petit chaton sexuel. Ensuite, tu pourras rentrer chez toi auprès de ta famille et de ton petit ami et profiter de ton repos. ".

Elle a souri.

" Je profite déjà de ma pause."

Sur ce, Cynthia posa sa tête sur les genoux du professeur.

Elle a retiré le préservatif mouillé.

Elle a pris le pénis flasque dans sa bouche et a aspiré le reste du sperme.

Le professeur gémit.

MEDECIN TRES COMPREHENSIF

« Le médecin vous verra tout de suite, monsieur ; restez assis là, s'il vous plaît.

Andrew hocha la tête alors qu'il se dirigeait vers la table d'examen et s'asseyait.

Un pli de papier de soie remplissait la table du brancard.

Elle a baissé la manche de sa chemise tandis que l'infirmière fermait la porte derrière elle en soupirant.

Il lui avait fallu beaucoup de temps pour se convaincre d'aller chez le médecin à ce sujet, mais il en avait finalement assez et en avait assez.

Sans oublier qu'il était frustré par son propre corps.

Cela sembla une éternité avant que la porte ne s'ouvre à nouveau, mais lorsque la jeune femme entra enfin, brisant les pensées vagabondes d'Andrew, il décida que cela valait la peine d'attendre.

"Bonjour, M. Harrison, je suis désolé pour l'attente. J'ai dû voir beaucoup de patients aujourd'hui."

Le médecin s'est dirigé vers son bureau et a pris une mallette que l'infirmière y avait laissée, avec les notes qu'elle avait prises après les questions qu'elle m'avait posées sur le but de ma visite.

« Sans aucun doute, ils ont tous trouvé une raison de venir vous voir, docteur, je sais que je le ferais certainement !

Ses yeux, d'une belle nuance de bleu dans laquelle on avait l'impression de pouvoir nager, sont sortis de son presse-papiers pour rencontrer les vôtres.

Un sourire apparut aux bords de ses lèvres.

Des lèvres très, très bien formées.

« Essayez-vous de me dire que vous êtes venu ici aujourd'hui pour me faire perdre mon temps, M. Harrison ?

Il en riant.

"Loin de là, malheureusement, Dr Martínez. J'ai bien peur d'avoir un problème très réel, même si vous êtes la première personne que je viens voir à ce sujet."

Il baissa les yeux sur son presse-papiers.

Alors qu'elle était assise au petit bureau en train de lire, je la regardais croiser les jambes.

C'était une Latina plutôt petite, mais ses jambes nues, sous la jupe de sa blouse médicale, semblaient durer des kilomètres.

Andrew aurait souhaité que la jupe crayon ne se termine pas juste au-dessus de ses genoux.

"Il est dit ici que vous avez refusé de parler à l'infirmière de la nature exacte de votre visite, M. Harrison, alors... parlez-moi rapidement, s'il vous plaît, avant de pouvoir continuer."

Les épaules d'Andrew s'affaissèrent un peu, alors qu'ils espéraient engager cette femme dans une conversation légèrement plus privée avant qu'elle n'interrompe ses pensées dans le but de sa visite.

Mais... elle supposait qu'elle devait s'assurer qu'il n'était pas simplement un hypocondriaque qui avait trop lu sur un sujet sur Internet.

"Je euh... eh bien, il semble que j'ai des... problèmes continus et persistants dans la chambre."

Elle arqua l'un de ses parfaits sourcils noirs, et il ne pouvait nier que cela lui procurait un peu de frisson alors que ses yeux le balayaient avec intrigue.

" Vous semblez être un homme relativement jeune et... enfin, en excellente condition physique, M. Harrison. Avant d'entrer dans les détails de vos problèmes, dites-moi. Pourquoi avez-vous choisi de venir ici ? Cela semble être un nouveau symptôme. Je sais que je n'ai jamais eu de "Personne n'est venu ici auparavant avec ce problème, alors qui m'a recommandé ?"

Eh bien, pour être honnête, docteur, d'habitude, je ne vais pas chez le médecin. "Je n'en ai pas vraiment besoin, et en fait, pour ce problème particulier, je... je ne me sens pas vraiment à l'aise d'aller chez un médecin pour parler de ce genre de choses."

Elle sourit pleinement, cette fois.

Elle posa le presse-papiers sur la table alors qu'elle se tournait pour lui faire directement face, joignant ses mains autour de son genou.

"Deux choses, M. Harrison. Premièrement, appelez-moi Miss Martinez ou Rosa. Deuxièmement, je pense que nous ferions mieux d'établir une prémisse maintenant : vous devez être complètement honnête et direct, d'accord ? Il semble que ce soit une situation délicate pour vous. "Je pense donc qu'il est important que nous traitions cela avec sérieux et sans préjugés, car nous allons approfondir des raisons assez personnelles. N'est-ce pas ?"

"Absolument, Rosa. Et appelle-moi Andrew, s'il te plaît."

Elle acquiesça.

"D'accord, Andrew. Dites-moi, de quel genre de problèmes parlez-vous exactement ? Éjaculation précoce ? Difficulté à développer une érection ?"

Andrew sentit ses joues se remplir de chaleur, il rampa un peu sur la civière, laissant derrière lui un bruit de papier froissé, et répondit :

"Eh bien, je n'ai jamais eu de problèmes auparavant, pas même la première fois. Mais... je suppose que j'ai du mal à devenir dur et à rester dur. L'important est que je n'ai pas réussi à avoir un orgasme depuis plus d'un an. " "

"Mon Dieu, une année entière ; je pense que je mourrais si cela m'arrivait. As-tu une idée de la raison pour laquelle cela a pu commencer à se produire ? Des changements ou de mauvaises choses sont-ils arrivés dans ta vie, une mauvaise expérience avec un amoureux ? "Perte de intérêt pour votre femme ? »

"Oh, je n'ai eu aucun problème avec ma femme ni avec aucune maîtresse."

Rosa sourit, mais lui fit signe de continuer quand il s'arrêta pour réfléchir.

"Je ne pense vraiment à rien. Je vis dans la même situation depuis plusieurs années. Je me suis marié il y a quelque temps et je n'ai pas eu de nouveaux amants depuis quelques années."

« Diriez-vous que vous avez normalement une vie sexuelle active ? Ou est-ce que quelque chose a changé depuis que cela a commencé à se produire ?

Andrew haussa les épaules.

"La situation a certainement changé depuis que cela a commencé. Je veux dire, j'ai des amis avec qui j'aime coucher, car nous nous comprenons mutuellement. Ma femme ne m'a pas touché depuis un moment, donc il n'y a pas eu grand-chose. de temps en temps, je rencontre une femme dans un bar, ce qui peut sembler être plus qu'une amitié, mais au final, personne ne fait disparaître le problème de ne pas bander, je suppose. ".

"Et tes amis, est-ce que les filles avec qui tu entres en relation savent que tu as d'autres amis ? Que tu as une femme ? Est-ce qu'elles sont d'accord avec ça ? Ou est-ce que tu gardes ça secret ?"

Andrew secoua la tête.

Rosa se pencha en avant pendant qu'elle parlait, et il remarqua que son haut, même s'il n'était pas court, semblait avoir de larges espaces entre les boutons.

Le stéthoscope qu'il avait placé autour de son cou s'est coincé dans l'un d'eux et a semblé offrir une petite vue de quelque chose de violet en dessous alors qu'il changeait de position et tirait sur le tissu.

"Si je suis dans une relation consensuelle, je n'ai pas besoin de leur mentir. Je ne cache rien s'ils me le demandent. Je fais en sorte qu'il soit clair que les autres filles sont aussi mes amies, et que je suis mariés s'ils sont intéressés. Et il s'avère aussi qu'il y a des amis à qui je dois dire qu'elle aime beaucoup le sexe. Cependant, si quelqu'un voulait s'orienter vers l'exclusivité, bien sûr, je lui parlerais pour qu'elle ne le fasse pas. continuez à le faire. Sinon la relation serait rompue. Les réactions sont... mitigées, mais souvent que "Cela m'en dit beaucoup plus sur cette fille que n'importe quoi d'autre pourrait m'en dire."

"Hmm. Et diriez-vous que vous ne pourriez jamais arrêter de coucher avec ces amis ?"

"Ce sont mes amis. Je sortais avec une fille une fois et nous avons progressé jusqu'à ce point, mais j'ai arrêté de la voir parce qu'elle pensait que je serais exclusif à elle-même."

"Comment ça s'est passé ?"

"Elle a apparemment oublié ce petit détail sur lequel nous étions convenus."

"Je vois. Dites-moi : diriez-vous que vous êtes polyamoureux ou avez-vous des tendances polyamoureuses ?"

Andrew fronça légèrement les sourcils, quelque peu confus quant au lien entre cela et son problème, mais prêt à le résoudre.

"Je dirais que je suis ouvert à cela, sans nécessairement en avoir besoin. Je pense que tant qu'un couple est ouvert et honnête sur ce qu'il veut et attend du comportement de l'autre, alors le sexe devrait être ce qu'il veut qu'il soit entre eux. eux."

"Et exclusif ?"

« Bien sûr que ça pourrait l'être. Entre eux, mais ouvert aux expériences avec les autres, que ce soit ensemble ou séparément, à condition que tous deux soient honnêtes et d'accord. J'ai certainement eu des relations où chacun partageait ses amis, etc. Comme je l'ai mentionné, le contraire aussi, l'exclusivité. »

"Mais un seul ?"

"D'autres voulaient aussi passer à l'exclusivité tout de suite, mais... ça me semble idiot."

Andrew haussa les épaules, mais Rosa fronça les sourcils.

"Pourquoi donc ?"

"Eh bien, par exemple, avec toi. Si nous commencions à nous voir. Je ne vous connais pas, mais je vous trouve certainement attirant. Si nous commençons à sortir ensemble, je suppose que vous me trouveriez attirante aussi ; alors, qu'y a-t-il de mal à profiter l'un de l'autre ? l'autre sexuellement sans exclusivité, si nous sommes responsables ?

"Alors, quelle est la différence entre sortir ensemble et avoir des amis avec des avantages ?"

"Le but même d'une relation amoureuse est de trouver quelqu'un avec qui vous souhaitez partager votre vie, n'est-ce pas ? Idéalement pour une longue période, voire pour toujours, lorsqu'il s'agit de mariage. Des amis... vous les aimerez peut-être ou vous apprécierez le sexe. mais ils ont découvert, ensemble ou séparément, qu'ils ne fonctionnent pas bien en couple, ni à long terme, ni dans l'union quotidienne. Mais cela ne veut pas dire qu'ils ne peuvent pas avoir du bon sexe. et se faire sentir bien les uns les autres".

Rosa rit.

"Honnêtement, c'est une perspective plutôt saine. J'aurais aimé avoir des amis avec des avantages dans ma vie comme vous, car j'ai beaucoup besoin de me déstresser ces derniers temps."

Rosa se redressa, presque comme si elle reprenait une attitude professionnelle.

"Ahem. Quoi qu'il en soit, d'accord ; alors... il n'y a pas eu d'événements, sexuels, professionnels ou personnels, qui auraient pu... décourager ou ajouter beaucoup de stress, ou quelque chose comme ça ?"

"Pas à quoi je puisse penser."

"Et tu ne peux même pas t'empêcher de te masturber ? Ou d'avoir des relations sexuelles avec certains de tes amis avec qui tu n'as jamais eu de problèmes auparavant ?"

"Non, pas du tout. Et je n'ai jamais eu de difficulté à m'en sortir auparavant non plus. C'est vraiment frustrant."

"Et tu dis que tu as du mal à avoir et à maintenir une érection."

"Oui, je veux dire, je vais être excité, je vais devenir raide, mais toujours un peu euhmm... lâche, si tu veux le dire ainsi. Cela rend la pénétration difficile, tu sais ? Et pour être franc , depuis que nous avons dit que nous allions le devenir, quelques-uns de mes amis aiment VRAIMENT que je rentre dans la tête, c'est en partie la raison pour laquelle nous sommes devenus de si bons amis, et nous sommes VRAIMENT bons dans ce domaine. Mais quand même ... Je peux m'en rapprocher, probablement plus près qu'avec n'importe quoi d'autre, qu'avec mes propres mains, mais je ne peux pas jouir."

"Ils ne peuvent pas non plus te faire bander complètement ?"

Andrew secoua la tête.

Rosa fronça les sourcils, les lèvres pincées par ses pensées.

Elle tapota ses doigts contre son genou, et Andrew eut du mal à ne pas fantasmer sur ce que ça ferait d'avoir ces lèvres autour de sa queue.

Il avait été excité dès qu'elle était entrée, mais il pouvait en fait sentir sa queue devenir un peu raide à chaque fois qu'il regardait cette petite ouverture pratique dans sa chemise.

Soudain, elle se releva.

"Eh bien, Andrew, je pense que nous allons devoir faire un examen physique pour nous assurer d'exclure certaines choses. Cela te dérangerait-il de te mettre nu ?"

Andrew a immédiatement tendu la main pour commencer à déboutonner sa chemise.

"Eh bien, normalement, Rosa, j'insisterais d'abord pour un bon dîner, au moins, mais pour toi..."

Rosa rougit un peu et se mordit la lèvre inférieure en joignant les mains devant elle.

"Euh... normalement, le patient attend pendant que le médecin sort, pour qu'il puisse se déshabiller et enfiler une blouse médicale. Ensuite, le médecin frappe à la porte et revient à la demande du patient."

Andrew haussa les épaules et continua de déboutonner sa chemise pour exposer sa poitrine velue.

"A quoi ça sert ? Tu vas examiner mes parties génitales, et tu pourrais facilement me voir torse nu dehors par une chaude journée d'été. En plus, tu es pressé et je m'en fiche. Je ne suis pas timide. Certainement rien que vous n'ayez jamais vu auparavant."

Rosa rit, ses yeux tombant sur le torse d'Andrew alors qu'il enlevait sa chemise.

"Eh bien, certainement rien que je n'ai jamais vu auparavant, mais... si tu es d'accord, je suppose que ce n'est pas un problème. Et tu sais, tu ne vas évidemment pas t'arrêter de toute façon."

Andrew rit, se levant et se penchant pour commencer à déboutonner son pantalon.

"Hé, on ne dirait certainement pas que tu pars non plus."

Elle lui sourit en secouant la tête, reculant légèrement alors qu'il descendait de la table d'examen pour se tenir sur le sol.

Le pantalon d'Andrew toucha le sol et il l'enleva, la regardant avec un sourire enjoué alors qu'il accrochait ses pouces dans la ceinture de son boxer.

"Devriez-vous faire face à la grande révélation, ou préférez-vous vous retourner et voir plus tard ?"

Elle rit, lui rendant son expression enjouée, ses mains agrippant son stéthoscope.

"Face-moi, je ne suis pas sûr de pouvoir résister à l'envie de te cogner le cul si tu te retournes."

"Eh bien, dans ce cas..."

Andrew se retourna rapidement et se pencha alors qu'il baissait son caleçon, remuant ses fesses maintenant nues en direction de Rosa et tournant la tête pour la regarder par-dessus son épaule.

Il avait une main couvrant sa bouche et riait doucement.

"Vous êtes MAUVAIS, Andrew Harrison. C'est un comportement très inapproprié dans une relation médecin/patient !"

"Je ne dirai rien si toi non plus, Rosa Martínez."

Elle roula des yeux en laissant tomber sa main, mais Andrew remarqua que ses yeux parcouraient tout son corps alors qu'il se tournait pour lui faire face, posant ses mains sur ses hanches.

"Alors... et maintenant ?"

Rosa baissa les yeux, haussant un sourcil avec un sourire.

"Eh bien, il semble que tu n'aies pas beaucoup de difficultés maintenant...!"

Andrew suivit son regard ; Le sexe était raide, c'était évident.

Rosa était une femme très attirante et il s'amusait à flirter avec elle.

"Eh bien, un cadavre se raidirait s'il était nu dans la même pièce que toi, Rosa ; même si ce n'est pas la même chose qu'une érection complète !"

Elle roula des yeux et sourit un peu, mais elle semblait vraiment essayer de faire preuve d'un peu de professionnalisme continu.

Elle tendit la main pour enlever son stéthoscope, mais ce faisant, quelques boutons de son chemisier s'ouvrirent.

Les yeux d'Andrew s'écarquillèrent alors qu'il se retournait pour ouvrir un tiroir.

"Repose sur la table et je vais chercher des gants..."

Andrew fit ce qu'on lui demandait, se demandant si les boutons dépliés permettraient d'avoir une meilleure vue.

Admirant les fesses de Rosa alors qu'elle lui tournait le dos, son esprit dérivait vers de multiples scénarios sordides.

"Eh bien, ce n'est pas pratique."

Il se retourna pour tenir un gant médical bleu dans une main et une boîte vide dans l'autre.

"Je vais devoir aller chercher une nouvelle boîte. Peut-être que tu devrais mettre un..."

"Pshh ; s'il vous plaît ! Vous en avez un. Vous n'enquêtez pas sur des blessures ouvertes ou quoi que ce soit d'invasif. Je ne suinte rien nulle part. Je vais bien si vous êtes d'accord avec ça."

Rosa secoua la tête.

"Absolument pas, ça viole je ne sais même pas combien de règles, et la plus importante est d'enfreindre la stérilisation, et..."

"Dr Rosa. Vous devez faire un examen physique de la zone pour vous assurer qu'il n'y a pas d'anomalies, n'est-ce pas ? Ce n'est pas comme si vous aviez ingéré quelque chose ou que vous aviez des plaies ouvertes à la main, n'est-ce pas ? Vous n'allez pas non plus le faire. mettez vos doigts n'importe où sur votre main.

Elle regarda dans ses yeux.

"Honnêtement, vous devrez peut-être examiner votre prostate."

"Eh bien, tu as un gant."

"J'aurais pu simplement traverser le couloir pour prendre une nouvelle boîte et revenir."

Andrew sourit, levant les mains, haussant les épaules et penchant la tête sur le côté.

"Et pourtant tu ne l'as pas fait..."

Le Dr Rosa roula des yeux avec exaspération et mit rapidement le gant sur sa main gauche, secouant la tête.

Cependant, il pouvait voir un léger sourire sur ses lèvres et plisser le bord de ses yeux.

"Vous êtes impossible ! Ouvrez les jambes, monsieur !"

Essayant de ne pas montrer sa propre anticipation, Andrew écarta immédiatement les jambes pour donner à Rosa autant d'accès que possible.

Il lutta pour ne pas soupirer de plaisir alors qu'il sentait la chair chaude, douce et nue de la main droite de Rosa s'enrouler autour de son membre, suivie par le gant froid et sec de sa main gauche prenant ses couilles en coupe.

Ses doigts commencèrent à sonder soigneusement sa longueur alors qu'elle manipulait son sac de couilles, fronçant les sourcils de concentration et semblant incroyablement sexy alors qu'elle se penchait légèrement.

Ses yeux s'écarquillèrent alors que sa chemise tombait un peu pour révéler une délicieuse et crémeuse étendue de seins doux, coupés et soutenus par un soutien-gorge violet à volants.

Il sentit son pouls s'accélérer, sentit sa queue se soulever d'excitation et d'excitation à la fois par le contact et par la vue.

"Je ne ressens aucune bosse ou cassure anormale, donc c'est bien. En fait, je peux en fait... oh ! Eh bien, alors... quelqu'un réagit certainement terriblement tout d'un coup..."

Elle leva son visage pour le regarder, et Andrew sentit une autre vague montante de désir sexuel et de tension monter.

Qu'est-ce que ça ferait d'enfoncer votre bite dans cette bouche partiellement ouverte et de sentir le talent de votre langue sur votre bite avide ?

Il arracha nerveusement ses yeux, craignant qu'elle n'y voie le désir nu et brut.

"Je euh... eh bien, Rosa, euhmm... pour être honnête..."

Était-ce un... problème cérébral, pas seulement dû à la technique d'examen purement clinique qui a commencé à vous donner ce sentiment ?

Andrew ne pouvait pas en être sûr.

Cependant, elle ressentit le besoin presque irrésistible de commencer à repousser son emprise.

"Andrew, souviens-toi ; nous avons dit que nous allions être sincères et honnêtes les uns envers les autres. Aucun parti pris."

Andrew se tourna à contrecœur vers elle.

Son visage était calme, mais... il semblait y avoir une lueur dans ses yeux.

D'une manière... spécifique, elle pinçait les lèvres.

Anticipation?

La vue de ses mains sur lui, la proximité de son visage contre son entrejambe.

Si elle tournait la tête, il pourrait probablement sentir le contact de son souffle contre sa peau.

La vue de ses seins plutôt étonnants était également quelque chose de spectaculaire.

La façon dont il l'apercevait inconsciemment de cette façon – involontaire, innocente, mais clairement intime et privée – était enivrante.

Il sentit sa queue se contracter dans ses mains, son excitation semblant incontrôlable.

"Alors, honnêtement, Rosa, cela fait très, très longtemps que je n'ai pas eu une femme clairement intelligente, drôle, charmante et tout simplement magnifique qui m'a facilement captivé et excité. Tu as ta main sur ma bite, et j'ai un vue incroyable de ta chemise qui me fait réaliser combien de temps cela fait que je n'ai pas vu une si grosse paire de beaux seins, et franchement, je ne me souviens pas de la dernière fois où j'étais si excitée ou si je mourais d'envie d'avoir des relations sexuelles sauvages.

Les yeux de Rosa s'écarquillèrent, sa main gantée tombant vers elle pour toucher le creux de sa chemise alors qu'elle baissait les yeux.

Ses joues rougirent immédiatement d'un écarlate profond et brillant.

Elle le regarda, se mordant la lèvre inférieure, mais il remarqua qu'elle ne retirait pas sa main nue de son membre alors qu'elle baissait sa main gantée, dirigeant simplement ses yeux vers sa bite dure puis vers son visage.

Leurs regards se croisèrent.

Andrew haleta.

"Je... je ne peux même pas... j'ai... tu es dur comme un roc. Tu n'as aucun problème du tout !"

"Pour la première fois depuis plus d'un an. Merci à vous. Je vous le promets, je n'invente rien."

La chaleur soudaine des lèvres de Rosa alors qu'elles s'enroulaient avec impatience autour de la tête gonflée du sexe d'Andrew les fit gémir tous les deux.

Les mains d'Andrew agrippèrent les bords de la table d'examen alors qu'il regardait la bouche de Rosa descendre sur sa queue.

Il sentit sa langue douce lécher, frotter et taquiner le dessous de son érection alors qu'elle l'aspirait dans sa bouche.

Elle ronronnait autour de sa bite palpitante, le suçant tandis que ses doigts prenaient un type de contact et de caresse complètement différent sur ses couilles.

Ses yeux brûlaient d'un besoin intense qui semblait refléter le sien, observant sa réaction alors qu'elle commençait à lui faire plaisir.

Alors que sa tête commençait à glisser de haut en bas sur lui.

Il était fasciné par ses actions, les mouvements rythmés de sa bite douloureuse et la sexualité brute qu'il ressentait dans son regard alors qu'elle témoignait du plaisir qu'il lui procurait.

Le plaisir qu'il ressentait visiblement d'en être la source était indescriptible.

Ses yeux dérivèrent vers les éclairs brefs et saccadés de son décolleté vêtu d'un soutien-gorge.

Elle s'écarta brusquement de lui, haletant doucement, regardant les boutons défaits avant de sourire.

"Tu veux voir plus...?"

Il hocha la tête, essayant de ne pas remarquer le filet de salive qui se propageait lentement de ses lèvres humides jusqu'à la tête luisante de son sexe.

Elle déboutonnait son chemisier pour lui, le laissant tomber sur le sol derrière elle et tendant immédiatement la main pour défaire les fermoirs de son soutien-gorge.

Elle observa sa réaction alors qu'elle le retirait lentement de son corps, lui souriant d'un air espiègle alors que ses beaux seins pâles étaient libérés de leur confinement.

Andrew gémit doucement à cette vue.

Sans hésitation, il tendit la main pour prendre son sein gauche nu.

Il caressa l'anatomie chaude et délicieusement douce du Dr Rosa Martínez.

"Oh mon Dieu... Rosa...!"

Ses yeux se plissèrent, un frisson la faisant visiblement frissonner contre lui.

Elle leva la main et posa un doigt sur ses lèvres.

"Ça faisait longtemps qu'un homme ne m'avait pas touché comme ça... J'ai été tellement occupée que je ne sors jamais beaucoup... ! On... ne peut pas faire trop de bruit..."

Il embrassa son doigt, glissant sa langue sur le bout et le suçant de manière ludique, lentement, tout en la regardant.

Il serra son sein dans sa main, la faisant gémir doucement tout en murmurant :

"Cela ne devrait pas être... uniquement à propos de moi. Je te veux, Rosa. Vous tous. Pas seulement votre bouche, pas même votre incroyable poitrine. Nous pouvons tous les deux profiter l'un de l'autre, nous faire du bien."

Son visage était rouge d'excitation (sa poitrine avait même une teinte rose) et il pouvait sentir son mamelon dur et dépassant contre sa paume.

Il sentit sa main glisser le long de sa poitrine et redescendre pour attraper sa queue.

En lui donnant une pression, une claque très délibérée, cette fois.

"Es-tu propre... ? N'est-ce pas... ?"

"Si tu?"

Elle répondit en reculant d'un pas et en attrapant la fermeture éclair de sa jupe .

Elle se lécha les lèvres en regardant son érection se balancer dans les airs.

Sa jupe glissait le long de ses jambes sans effort, suivie de près par une culotte violette soyeuse, coupée de manière flatteuse.

L'odeur de son excitation était forte, et Andrew pouvait voir l'humidité scintillante qui brillait sur l'intérieur des cuisses de Rosa, se parant littéralement le long de ses lèvres douces.

"Je ne suis pas sûr qu'on puisse tenir longtemps..."

Il rit doucement, se léchant les lèvres alors qu'il se rasseyait sur la table d'examen avec un pli de papier de soie.

Rosa montait sur la marche, glissant une jambe sur son corps alors qu'elle s'installait sur lui, respirant avec impatience.

Elle attrapa sa queue (sa main tremblait-elle ?) et le regarda.

Il glissa ses mains le long de la douceur de son corps nu avec révérence jusqu'à ce qu'elles se posent sur ses hanches.

Il la rapprocha, posant son bout palpitant contre son entrée humide, mais n'allant pas plus loin.

"Tu ne seras pas la seule, Rosa. J'espère certainement que tu es d'accord avec ça. Pas de parti pris, tu te souviens ?"

Ils luttèrent pour gémir silencieusement alors qu'elle glissait sur lui.

La chaleur humide de son corps l'enveloppait confortablement et enserrait son érection douloureuse au plus profond de ses profondeurs.

Elle rejeta la tête en arrière, la bouche ouverte silencieusement, alors qu'elle le prenait complètement.

Elle commença à frotter ses hanches contre son corps.

Sa poitrine se soulevait, l'invitant à tendre la main et à les saisir tous les deux, les serrant doucement alors qu'il tremblait sous elle.

Sa voix tremblante réussit à rester plutôt basse alors qu'il réagissait.

"Ohhhhh ! Dieux...!"

Elle posa ses mains contre sa poitrine tout en baissant la tête pour le regarder avec avidité.

Ses hanches ont commencé à bouger alors qu'elle commençait à le chevaucher.

Les mains d'Andrew glissèrent le long de sa peau, caressant les côtés de son corps, serrant ses hanches avant de tendre la main pour attraper ses fesses fermes et toniques.

Ses doigts s'enroulèrent contre elle, s'enfonçant dans sa chair alors qu'il la tirait plus fort contre lui, tout en utilisant ses jambes pour répondre à ses mouvements avec ses propres poussées.

Il haletait sous elle.

"Je me sens... tellement... bien, Rosa... putain... bien !"

Elle sourit timidement, mais accéléra seulement le pas, le baisant désespérément, les yeux mi-clos alors qu'elle grognait de profonde satisfaction.

Le papier se froissa sous Andrew qui était déjà hors de contrôle en réaction à ses mouvements.

Il essayait de ne pas bouger autant le haut de son corps, mais dans une certaine mesure, il s'en fichait.

Sa queue palpitait avec impatience dans les limites étroites de Rosa, une dureté complète dont il n'avait pas pu profiter depuis trop longtemps.

Il pouvait sentir chaque ondulation de sa chatte glissante pendant qu'elle le chevauchait .

Chaque pression et frisson de leurs muscles internes alors qu'ils éclataient comme deux animaux.

Sa chatte se contractait de plus en plus fréquemment.

Le rythme énergique de Rosa devint de plus en plus frénétique, jusqu'à ce qu'elle entende son souffle se couper.

Il vit sa colonne vertébrale se tendre alors qu'elle se cambrait en arrière et sentit son apogée sur sa queue.

Cependant, elle ne s'est pas arrêtée du tout.

Rosa continua d'avancer, se mordant la lèvre inférieure alors qu'elle gémissait de plaisir la bouche fermée.

Andrew pouvait sentir ses couilles se resserrer, il savait qu'il n'allait pas tenir très longtemps.

L'idée qu'il redeviendrait doux et perdrait la capacité de continuer à baiser cette belle et sexy déesse était horrible, mais il ne pouvait pas s'en empêcher.

C'était trop bien.

C'était trop bien.

Haletant, il bougea une de ses mains, chercha entre leurs corps en sueur et se heurtant, et trouva son clitoris à frotter pendant qu'il le baisait.

Les yeux de Rosa s'écarquillèrent, son regard rencontrant à nouveau le sien alors que sa bouche s'ouvrait dans un cri silencieux.

Sa chatte se serra autour de lui, encore plus serrée qu'avant .

Complètement incapable de s'en empêcher, Andrew sentit son orgasme, le premier depuis plus d'un an, arriver jusqu'à lui.

Des jets de sperme durs et épais ont explosé dans la chatte de Rosa, faisant gémir Andrew de manière incontrôlable.

Jusqu'à ce que Rosa, au milieu de son propre bec, lui claque la bouche avec une de ses mains pour tenter de le faire taire.

Sa bouche souriait sauvagement alors qu'ils tremblaient l'un contre l'autre, unis dans leur extase.

Avec une indulgence totale pour le plaisir du corps de chacun.

Son corps se tordait sous elle et elle faisait de son mieux pour se serrer contre lui .

Alors qu'il continuait à pomper de plus en plus de sperme dans sa chatte, ce qu'elle accepta avec empressement.

Une année de frustration sexuelle refoulée a finalement explosé dans le corps de Rosa.

Chaque éclat semblait détendre toute la tension dans les muscles d'Andrew à un tout autre niveau qui le laissait flotter dans un océan de bonheur comme s'il avait été drogué.

Étouffant un rire alors qu'elle s'effondrait sur lui, ses mains caressant avidement son corps, Rosa déplaça sa tête sur sa poitrine velue, haletante alors qu'elle le regardait.

"Je n'arrive pas à croire que nous venons de faire ça... ! Mon Dieu, c'était beaucoup de sperme..."

Les bras d'Andrew s'enroulèrent instinctivement autour du corps de Rosa, la serrant contre lui tandis que ses mains caressaient la douceur de sa peau avec révérence.

Sa poitrine se soulevait et s'abaissait rapidement alors qu'il essayait de récupérer.

Un sourire éclata sur son visage alors qu'il la regardait.

"Un an, ou du moins presque. Et j'ai l'impression qu'il m'en reste encore."

Elle ronronnait de plaisir, faisant vibrer sa poitrine.

Andrew jura qu'il pouvait sentir ses spasmes autour de sa bite douce et étonnamment rigide, toujours logée en elle.

"Je ne voudrais rien d'autre que vous traire jusqu'à la dernière goutte, avec mon corps ou ma bouche, mais plus je reste ici, plus il est probable qu'une des infirmières entre... et je NE PEUX PAS avoir de procès. déposée pour négligence ou harcèlement contre moi ! »

Andrew leva une main pour prendre la joue de Rosa, ses lèvres trouvant les siennes et ils l'embrassèrent lentement et sensuellement.

Il ferma les yeux, savourant la sensation de ses lèvres, de son corps.

Comme on se délectait de sa stupeur post-orgasmique avec une femme aussi incroyable !

"Merci, Rosa. C'était... incroyable. Je ne peux pas décrire à quel point c'était bon de pouvoir ressentir à nouveau ça."

Les joues de Rosa rougirent alors qu'elle se mordait la lèvre inférieure.

"Voulez-vous vraiment dire cela...?

"Tu n'as pas vraiment eu de bande ou d'orgasme au cours de la dernière année ?"

Andrew rit un peu, frottant toujours son pouce contre sa joue.

Son autre main bougea pour prendre ses fesses nues.

Ça faisait du bien d'être à nouveau comme ça avec une femme.

« Quoi, tu pensais que je mentais à propos de tout ça ?

"Juste pour enfiler ton pantalon ?"

Elle haussa les épaules, souriant un peu penaud.

"Ce ne serait pas la première fois que quelque chose de similaire m'arrive. Cela arrive à la plupart des filles."

"Je le jure, je n'ai pas eu d'orgasme depuis plus d'un an jusqu'à présent, et je n'ai pas été aussi dur du moins jusqu'à présent. C'était la première fois que j'étais capable de pénétrer une femme, encore moins de jouir en elle ou fais-la jouir sur ma bite, depuis plus d'un an. Je me sens euphorique et délicieusement généreuse en ce moment."

Rosa rit, se penchant pour voler un rapide baiser sur ses lèvres, mais elle se redressa également.

Elle bougea ses hanches contre lui pendant un moment, souriant largement en plissant les yeux .

Mais elle se libéra lentement de sa queue.

Un déluge de sperme s'échappa de sa chatte et glissa le long de son corps, s'accumulant le long de son bassin.

"Eh bien, je me sens incroyablement flatté et immensément soulagé. Pour être honnête, cela fait longtemps que tu n'as pas couché avec moi, même si mon vibromasseur et moi sommes des amis fréquents. Et je... je ne l'ai jamais fait. quelque chose comme ça avant." .. "

Elle avait l'air nerveuse, mais Andrew ne put s'empêcher de sourire.

Même s'il avait certainement eu sa part de rencontres et de relations sexuelles occasionnelles, c'était... quelque chose de complètement différent, et il ne savait pas vraiment quoi dire lui-même.

Elle vit la flaque de sperme alors qu'elle s'abaissait sur le sol, et se retourna presque pour aller chercher quelque chose pour la nettoyer, mais il la regarda s'arrêter, le regarder.

Ensuite, penchez-vous simplement et ramenez-le à votre bouche.

Sa langue lapait sa graine renversée alors qu'elle le suçait légèrement.

Andrew haleta, les mains crispées sur les bords de la table tandis que son dos se raidissait, mais il ne pouvait détourner le regard de ce qu'il faisait.

Sa queue palpitait de plaisir, même après qu'elle se soit lentement éloignée de lui.

Elle embrassa d'abord le bout de son membre, puis lécha quelques brins de sperme errants de sa chair.

Elle lui sourit timidement alors qu'elle se redressait, regardant sa queue.

Il était clairement à nouveau complètement dur.

"Il semble que vous n'ayez aucun problème à bander maintenant, M. Harrison."

Andrew frissonna de bonheur, essayant de s'asseoir en avant pour récupérer ses vêtements alors qu'il regardait Rosa se pencher pour ramasser les siennes.

"Je pense que vous m'avez guéri, Miss Martinez."

Elle sourit, mais alors qu'elle lui tendait certains de ses vêtements, elle se pencha pour toucher sa queue de manière ludique.

"Je ne suis pas d'accord, monsieur ; je pense que vous devrez fixer un rendez-vous de suivi plus tard cette semaine. Nous devons surveiller de près votre état et nous assurer qu'il n'y a pas de rechute."

Son sourire espiègle s'effaça un peu.

"C'est grave, mais néanmoins, je... je pense que nous pouvons probablement exclure les maladies physiques, mais... mais nous voulons nous en assurer. N'est-ce pas, n'est-ce pas ?..."

Andrew leva la main, souriant doucement.

"Je comprends, Dr Rosa. Et j'adorerais revenir à la consultation. Officiellement, et... même officieusement, si cela vous convient. Je... honnêtement, je m'attendais à ce que vous fassiez un examen rapide et orientez-moi vers un psychologue. J'ai pensé que "c'était un problème mental ou émotionnel".

Elle rougit, mais hocha la tête en enfilant sa culotte.

Un cercle sombre s'infiltra lentement dans le tissu, et sa vue rendit Andrew encore plus excité.

Elle alla remettre son soutien-gorge, mais Andrew lui fit signe de se rapprocher, la regardant avec curiosité.

Elle céda et s'approcha de lui à nouveau.

Il leva immédiatement la main pour caresser ses seins nus avec un léger soupir.

"Merci. Je suis désolé, tu es juste... Je pense que tu es incroyablement sexy, et les choses ont été si précipitées, je... je ne voulais pas manquer l'occasion de les toucher pendant que je l'avais."

Elle sourit doucement, se penchant pour l'embrasser sur la joue avant de reculer pour remettre ses vêtements et tenter de reprendre à voix haute leur discussion officielle.

« C'est probablement ça, mais comme vous n'avez pas dit exactement aux infirmières ce que c'était pour la paperasse, je devrais probablement... organiser une autre visite ici afin que nous puissions être sûrs des symptômes.

Il hocha la tête, se leva et commença à enfiler ses propres vêtements.

Rosa le regarda brièvement pendant qu'elle finissait de réarranger ses vêtements.

Elle lissa sa jupe crayon, perdue dans ses pensées.

Finalement, il rompit le silence.

"Si tu veux, je... accepterais volontiers ton numéro de téléphone. Pour être honnête, je ne suis pas sûr de ce que je ressens, en dehors du... feu de l'action, mais..."

"Je comprends tout à fait, Rosa. Je sais... nous ne nous connaissons pas vraiment très bien, mais... j'espère que tu sais que je ne prends pas ça à la légère, on peut me faire confiance, et je... je l'apprécie beaucoup... tout ce qui s'est passé. Je n'utiliserai jamais rien de tout cela pour vous blesser, ou vous blesser intentionnellement de quelque manière que ce soit. Si vous ne voulez plus jamais que cela se reproduise, j'accepterais, respecterais et comprendrais ce choix, mais j'espère sincèrement que vous ne le regretterez pas, et j'espère pouvoir continuer à être "Votre patient, au moins. Je suis venu ici pour une raison, votre histoire et vos commentaires sur vos capacités en tant que médecin. Je ne peux pas vous le dire combien cela m'a rendu heureux, ou... combien cela m'a permis de me sentir à nouveau comme un homme." .

Les épaules de Rosa semblaient s'affaisser un peu.

Une tension qui quitta sa posture tandis qu'il souriait chaleureusement.

"Merci, Andrew; j'apprécie vraiment cela. J'ai... vraiment, vraiment apprécié ce qui s'est passé aussi."

"Alors je peux te laisser mon numéro ?"

Elle hocha la tête et se tourna pour attraper un bloc de papier et un stylo.

Puis il le lui a proposé.

Il le prit et nota rapidement son numéro, puis le lui rendit.

Elle arracha le drap du dessus et le fourra dans une petite poche de son chemisier.

Leurs regards se croisèrent, ils s'attardèrent un moment, puis Andrew sourit et ouvrit les bras.

"Est-ce que ça te dérangerait un câlin...?"

Elle rit, secouant la tête alors qu'ils s'étreignaient.

Lorsqu'ils reculèrent et que Rosa se tourna pour rassembler ses affaires, ses yeux scrutèrent le bureau.

À part le papier de soie sur la table d'examen qui était horriblement froissé, personne ne pouvait dire ce qui venait de se passer ici.

Andrew, comprenant ce qu'il faisait, renifla un peu l'air puis se dirigea vers l'une des fenêtres pour l'ouvrir.

Rosa sourit timidement et hocha la tête.

" Dans ce cas, Andrew... euh, M. Harrison, nous irons au fond de ce problème que vous semblez avoir, mais nous aurons besoin que vous preniez un autre rendez-vous pour un suivi plus tard cette semaine, Et le plus tôt sera le mieux."

Il se mordit la lèvre, lui fit un clin d'œil et dit en baissant la voix :

"Ne me fais pas attendre".

AU BUREAU

"Avez-vous besoin d'autre chose, Miss Sanders ?"

J'ai levé les yeux des lignes et des colonnes floues de la feuille de calcul imprimée et j'ai cligné des yeux vers Vicky, ma secrétaire, debout sur le pas de la porte de mon bureau, son sac en bandoulière sur son épaule droite.

Quelque part derrière elle, elle pouvait entendre les autres filles du bureau bavarder alors qu'elles fermaient leur travail pour le week-end.

Lorsque ses mots furent finalement enregistrés dans mon esprit, je lui fis un rapide signe de tête et remuai mes doigts.

"Allez-y . Je devrais avoir fini ici dans environ cinq minutes. Passez un bon week-end."

Elle plissa les yeux pendant un moment, mais ne fit écho à mes derniers mots qu'avec un sourire avant de se retourner et de rejoindre ses collègues.

Oui, elle me connaissait très bien.

Cinq minutes équivalaient généralement à quinze ou vingt minutes dans une journée normale. Mais c'était le vendredi précédant un long week-end de trois jours, et avec l'achèvement d'un résumé du rapport trimestriel qui devait être rendu mardi matin.

De qui je me moquais ?

Je serais ici pendant au moins quelques heures.

Et ce n'était que si je pouvais me concentrer sur l'obtention des bons chiffres.

Après la première heure avec juste un peu de progrès, je me suis rendu rapidement au distributeur automatique de la salle de repos pour acheter un soda riche en caféine.

De retour à mon bureau, avec la carbonatation qui me chatouillait le fond de la gorge après avoir bu un verre profond, je me tenais penché sur mon bureau.

Peut-être qu'une perspective différente serait utile.

À ce moment-là, j'entendis un grognement sourd.

Loin d'être surpris, puisque je connaissais le propriétaire de ce son, j'ai à peine levé les yeux pour voir M. Robert González appuyé contre le montant de la porte, les mains dans les poches de son pantalon serré.

Il était l'incarnation même de la grande et de la beauté, même s'il n'était pas totalement noir... du moins pas la partie qu'on pouvait voir.

Ses cheveux argentés étaient coupés plus courts sur les côtés et dans le dos, ce qui le faisait paraître plus vieux que la quarantaine qu'il aurait dû avoir.

Et sa peau légèrement bronzée indiquait que cela ne la dérangeait pas d'être dehors, même si elle savait qu'elle n'avait pas encore réussi à nouer des liens avec le reste des cadres masculins.

"Tu traînes les dernières gouttes d'énergie à minuit, Erika ?"

J'ai haussé un sourcil bien soigné et j'ai finalement répondu :

"Il est six heures. Ce n'est que le milieu de l'après-midi."

Il haussa légèrement les épaules.

"Il est minuit quelque part."

"À Londres."

"Hmm?"

"S'il est six heures ici, il est minuit à Londres."

Robert rit.

"Toi et tes chiffres."

J'ai roulé des yeux et me suis penché en avant pour trouver le haut d'une colonne de feuille de calcul et j'ai glissé mon doigt vers le bas.

Un grognement plus profond parvint à mes oreilles.

J'ai levé les yeux à temps pour le voir ajuster le nœud de sa cravate au niveau de son cou.

Une seconde plus tard, j'ai réalisé qu'il pouvait voir le haut de ma chemise.

Je me levai brusquement, m'assis sur ma chaise et me dirigeai vers le bureau, sentant mes joues rougir.

J'ai à peine réussi à m'empêcher de sourire quand il soupira.

« Que puis-je faire pour toi, Robert ?

Au moment où les mots quittèrent ma bouche, je fermai les yeux et pinçai les lèvres.

Foutu lapsus freudien.

"Je ne facture pas de frais, Erika, mais si tu es prête à payer..."

«C'était une erreur», marmonnai-je, faisant semblant de me recentrer sur les pages imprimées étalées devant moi.

Dans ma tête, je l'ai supplié sans enthousiasme de partir.

La compagnie n'était pas entièrement désagréable.

Mais je voulais faire ce reportage pour pouvoir rentrer chez moi et me tremper dans mon bain à remous avec un verre de vin et ne penser à rien jusqu'à ce que mon réveil sonne mardi matin.

"Les chiffres résistent, hein ?" dit-il avec un doux rire.

Il y eut un léger bruit de chaussures flottant sur le tapis.

Un instant plus tard, il se tenait devant mon bureau.

Quand j'ai de nouveau levé les yeux, il avait haussé un sourcil et son sourire s'est élargi alors qu'il enlevait sa veste de costume et la plaçait sur le dossier d'une des chaises visiteurs.

J'ai dégluti alors qu'il glissait sa grande main sur le devant de son gilet gris boutonné, tirant sur les poignets de sa chemise blanche avant de s'asseoir sur la chaise d'en face.

Il croisa son genou droit sur son gauche et joignit les mains sur ses genoux.

J'essayais de l'ignorer pendant que je travaillais, buvant de temps en temps dans ma canette de soda.

Et, gloire à tous, les chiffres ont commencé à prendre un sens.

Il ne fallut pas longtemps avant que je puisse enfin commencer à rédiger mon rapport.

Il ne parlait pas, mais j'entendais sa respiration régulière.

Je sens ses yeux sur moi.

Cependant, j'étais habitué à cela de la part des clients, donc l'attention de Robert ne m'a pas dérangé.

Pas même lorsque je pouvais voir dans ma vision périphérique qu'il déboutonnait lentement son gilet et desserrait le nœud de sa cravate.

Je me mordis l'intérieur de la lèvre alors qu'il ajustait sa position et se détendit sur le siège, essayant de ne pas penser à lui essayant de cacher son excitation.

Les yeux fixés sur l'écran de l'ordinateur, j'ai indiqué dans mon rapport d'où venaient nos pertes, puis j'ai présenté une proposition visant à récupérer ces fonds au cours des deux prochains trimestres.

Quelques minutes plus tard, sa voix m'a surpris, me rappelant sa présence.

"On dirait que tu travailles très dur là-bas, Erika. Même quand tu me regardes du coin de l'œil. Tu penses que je ne remarque pas ces choses ?"

La boule dans ma gorge semblait surgir de nulle part.

En fait, ça faisait mal d'avaler, et cette fois, le soda n'a pas aidé.

Lui jeter un rapide coup d'œil avait été une mauvaise idée.

Je fermai les yeux pendant un moment, puis clignai rapidement des yeux pour me recentrer.

La tête de Robert était penchée, le coin de sa bouche se contractant.

"Qu'est-ce qui ne va pas ? Le chat a eu ta langue ?"

Quand j'ai continué à l'ignorer, il a émis un son « tsi, tsi, tsi ».

Je n'ai pas pu m'empêcher de jurer doucement alors qu'il se levait et faisait le tour de mon bureau, s'arrêtant juste derrière moi.

"Vous travaillez trop. C'est le week-end. Vous devriez être à la maison ou dehors pour vous amuser, sans passer du temps au bureau."

Le sentant toucher le bas de mes cheveux, je frissonnai.

Mes doigts tremblèrent un instant sur le clavier.

Même ma respiration était instable lorsque j'expirais.

Maudit soit cet homme.

Cela me trottait dans la tête depuis deux mois... depuis que les patrons nous avaient présentés lors d'une réunion d'entreprise.

Nous étions au même niveau d'autorité, mais issus de départements différents.

Les tenants et les aboutissants de nos régions ne se croisaient même pas.

Cependant, il avait trouvé une raison de passer à mon bureau au moins une ou deux fois par semaine.

Mais jamais après les heures normales.

Et cela n'avait jamais été aussi... lancé.

toujours été professionnel, mais il avait dansé sur le fil de la corde.

En secret, j'aurais souhaité qu'il se lance un peu.

Pas pour me donner des raisons de le dénoncer, mais pour savoir avec certitude s'il s'intéressait vraiment à moi... ou s'il aimait simplement afficher sa virilité.

Elle était la seule dirigeante de l'entreprise.

La plupart des hommes semblaient être d'accord avec ce statut.

Quelques-uns d'entre eux m'avaient fait savoir autour de la fontaine à eau qu'ils pensaient que les femmes avaient leur place de l'autre côté du bureau, mais personne n'avait eu le courage de me le dire en face.

J'ai prié pour que ce moment ne vienne jamais de Robert.

Et maintenant?

J'avais le sentiment que j'allais enfin voir le vrai côté de l'homme qui avait hanté mes rêves à plus d'une reprises.

Cependant, est-ce que je le regretterais ?

nous étions seuls

Le reste du sol était sombre derrière les fenêtres de mon bureau.

Et il n'y avait aucune raison pour que quelqu'un d'autre se trouve dans le bâtiment à cette heure-là.

Les concierges ne sont arrivés que samedi matin.

Et si les intentions de Robert n'étaient pas honorables ?

Et si...

« On dirait que tu devrais peut-être évacuer un peu de stress, tu ne penses pas ?

Sa voix était juste à côté de mon oreille, ses lèvres la frôlant légèrement, me faisant haleter.

Il écarta mes cheveux tout en parlant.

Et puis il m'a mordu le lobe de l'oreille.

"Réponds-moi, Erika."

Feu et glace.

C'est la seule façon dont je pourrais décrire ce qui a bougé dans mon corps à ses mots... ses actions.

Je ne pouvais pas bouger.

Il respire à peine .

Et je n'avais définitivement pas de voix appropriée à laquelle répondre.

Robert a soudainement placé ses mains de chaque côté de moi sur le bureau, envahissant encore davantage mon espace.

Au moins, j'avais le mince dossier de la chaise entre nous.

Pour l'instant.

Mes jambes tremblaient.

Dieu merci, j'étais déjà assis.

C'est ce que vous attendiez, non ?

Je me suis battu pour ne pas le regarder, de peur de perdre le dernier contrôle que j'avais sur mes émotions si je le faisais.

Mais je ne pus retenir le petit gémissement qui s'échappa de mes lèvres lorsqu'il se pencha sur le côté de mon visage.

Ses lèvres touchèrent à nouveau mon oreille.

"Je sais ce que tu veux..." murmura-t-il en léchant mon lobe. "De quoi avez-vous besoin."

Sans avertissement, il tendit la main et attrapa mon poignet gauche, doucement mais fermement, le retirant du bureau et l'amenant derrière ma chaise.

Prenant le dos de ma main dans sa paume, il la plaça fermement sur le renflement de son entrejambe.

Je gémis plus fort en fermant les yeux.

Mes deux mains se fermèrent également instinctivement, ma gauche s'enroulant encore plus autour de son érection couverte.

Ma chatte s'est serrée à la sensation.

Il poussa un léger gémissement et reposa ma main sur le bureau.

La chaleur de sa présence semblait s'atténuer, mais elle n'arrêtait pas le tremblement qui était monté dans mes épaules.

Son souffle chaud caressait toujours la nuque alors qu'il expirait lourdement.

Un instant plus tard, je me tourne lentement sur ma chaise pour lui faire face... laissant mes yeux être directement alignés sur son entrejambe.

Avec un halètement, je me suis penché en arrière sur la chaise, levant les yeux juste assez longtemps pour le voir se lécher les lèvres.

J'ai ensuite suivi ses mains alors qu'elles se posaient sur sa taille, défaisant sa ceinture en cuir.

Il dégrafa le bouton si lentement qu'elle ne fut pas sûre de l'avoir vraiment fait jusqu'à ce qu'il baisse la fermeture éclair.

J'entendis un gémissement de sa part alors que je commençais à respirer plus irrégulièrement et que je me léchais les lèvres.

"Et cette petite langue mouillée ? Mon Dieu, tu es tellement sexy, Erika," grogna-t-il en fouillant dans son boxer.

Mais il s'est arrêté et a retiré sa main une seconde plus tard.

Avec son pantalon qui pendait de manière séduisante sur ses hanches, il a attrapé mes biceps et m'a facilement relevé.

Je n'avais pas le temps de réfléchir.

Pour exprimer mon désaccord.

Une seconde, je retenais mon souffle, la suivante, ses lèvres chaudes se pressaient contre les miennes avec une ferveur que je n'avais jamais connue auparavant.

Chaleur.

Passion.

Désespoir.

Faim.

Tout cela tourbillonnait dans ma tête.

Est-ce que je ressentais tout ça aussi ?

Sa langue entra dans ma bouche, la réclamant.

Ses doigts se resserrèrent sur mes bras, me rapprochant de lui.

Ma tête était rejetée en arrière alors qu'il me poussait en avant tandis que le reste de mon corps s'appuyait contre lui.

Je ressens cette bosse ailleurs maintenant.

Me pressant.

Me frotter.

M'excitant.

J'étais en train de fondre dans son baiser quand, dans mon gémissement, je me suis retrouvé assis à nouveau.

Halètement.

Je me demande ce qui vient de se passer.

La respiration de Robert était irrégulière.

Et il s'appuya contre le bureau, agrippant le bord à deux mains.

Il me regarde, les yeux écarquillés.

Quand j'ai regardé sa poitrine légèrement gonflée, il a levé mon menton.

Il l'a tenu pour moi.

Il a ensuite passé son pouce sur ma lèvre inférieure avant de s'appuyer sur ma bouche pendant une seconde.

J'en ai profité et je lui ai léché le doigt, ce qui l'a fait grogner.

Il poussa plus profondément.

Bientôt, je suçais le bout de son pouce jusqu'à la première articulation alors qu'il le faisait lentement entrer et sortir de ma bouche.

Mon menton était toujours coincé entre ses doigts.

Mes yeux étaient fixés sur les siens.

Nous émettions tous les deux de doux sons de plaisir.

Et ma chatte n'a pas arrêté de se resserrer.

À un moment donné, sa main a glissé.

Il a tiré sur mon menton pour m'ajuster et je suis tombé en avant.

J'ai retrouvé mon équilibre en posant mes paumes sur ses cuisses.

Juste à côté de son aine.

En conséquence, j'ai gémi et j'ai sucé son doigt plus fort.

Son sifflement de surprise fut sa seule réaction alors qu'il continuait à faire entrer et sortir son pouce de ma bouche.

Puis il gémit tandis que mes mains pressaient les muscles fermes sous ses vêtements.

Un instant plus tard, il s'était libéré et se relevait.

Robert fouilla à nouveau dans son boxer puis relâcha rapidement sa queue avec une expiration brusque.

La couronne, rouge et excitée, se trouvait à quelques centimètres de mes lèvres.

La pointe scintillait d'une seule goutte nacrée au centre.

Ma langue est tombée de ma bouche par anticipation.

"Allez."

Son approbation brutale m'a fait gémir et me lécher à nouveau les lèvres.

"Allez, salope."

Son corps se balançait un peu alors que mes doigts remplaçaient les siens et s'enroulaient autour de la texture veloutée de son membre dur, le maintenant stable.

Il a gémi bruyamment au moment où j'ai amené le bout de ma langue à l'œil de sa queue.

Vers cette perle.

Le lécher et le ramener à ma bouche.

Savourant le goût salé de son précum.

C'était lui qui tremblait maintenant, s'appuyant encore une fois contre le bord de mon bureau pour me soutenir.

La colère montant dans mes veines, je lâchai un autre coup de langue.

Le plat de ma langue, cette fois, sur le plat de sa tête flexible.

Une autre malédiction de sa part m'a encouragé davantage.

Mon troisième coup de langue était plus audacieux, tourbillonnant autour de la couronne.

Un rapide coup d'œil à son cou tendu et à ses yeux fermés montra que je l'avais là où je le voulais ... à ma merci, ne serait-ce que pour quelques minutes.

Scellant mes lèvres autour de sa couronne lors du prochain coup de langue, j'ai sucé tout en serrant doucement ma main autour de sa grosse bite.

"Putain, salope, comment sais-tu sucer !"

J'avais anticipé sa poussée et j'ai reculé, sa queue se relâchant avec un léger pop.

Après avoir pris une profonde inspiration, je l'ai remis dans ma bouche.

Plus profond maintenant.

Sucer en caressant.

Gémissant alors qu'il posait une main sur ma tête et passait doucement ses doigts dans mes cheveux.

En avançant la chaise, je me délectais de la sensation contrastée, dure et douce de son glissement sur ma langue.

La texture douce de ses vêtements alors que je passais ma main libre de haut en bas de sa jambe... pour lui caresser les fesses.

L'odeur du musc masculin sur sa peau à chaque fois que mon nez s'approchait de sa base.

Mais tout comme avec son baiser, il s'est éloigné avant que je sois prêt à m'arrêter.

Me laissant gémir.

Puis il m'a remis sur pied, où j'ai vacillé sur mes talons.

"Erika," dit-il sèchement en se léchant les lèvres.

Je cherche mes yeux.

Me tenant contre lui par mon bras droit, sa main libre se déplaça vers mon dos et glissa vers le bas, caressant mes fesses.

À mon gémissement, il a capturé ma lèvre inférieure entre ses dents.

Et puis il a sucé doucement pendant que je pressais mon corps contre le sien, m'accrochant à ses bras.

"Robert!" J'ai haleté quand il m'a soudainement soulevé par les hanches et m'a assis sur mon bureau.

Il a remonté ma jupe crayon et écarté mes jambes, se plaçant entre elles.

Sa queue reposait entre nous et je sentais l'humidité de son prépuce tremper ma chemise.

Avec une main caressant ma jambe droite à travers mes bas, il a pris l'arrière de ma tête et m'a embrassé.

Très dur.

Les yeux fermés, je me laissai enfin tomber dans ses bras, mes mains errant sur lui.

Toucher ses épaules.

Sentir ses muscles se contracter et se détendre.

Chaleur irradiant à travers sa chemise.

Ensuite, c'était sur la nuque.

Ses cheveux me chatouillaient le bout des doigts tandis que sa langue pillait ma bouche.

Une de mes chaussures est tombée en un clin d'œil alors que j'essayais d'enrouler ma jambe autour de la sienne.

Lui aussi était en déplacement.

J'attrapai mon autre genou qui frottait contre sa hanche.

En serrant doucement la nuque, me faisant me cambrer et gémir.

Il a ensuite caressé le côté de mon sein avant de le prendre dans sa paume et de le serrer plus fort.

Son pouce caressa mon mamelon à travers mon chemisier et mon soutien-gorge.

Dans mon ventre, je sentais sa queue palpiter.

Dur et chaud.

Toujours en saisissant la nuque avec ma main gauche, j'ai glissé ma droite entre nous et j'ai enroulé mes doigts qui démangent autour de sa queue juste en dessous de la couronne.

Ensuite, j'ai passé le bout de mon pouce d'avant en arrière sur la pointe, y étalant le liquide fin.

Se moquer davantage de la fente.

Robert m'a encore mordu la lèvre inférieure, la traînant dans sa bouche où il l'a sucée.

Il l'a tordu avec sa langue.

Puis il couvrit à nouveau mes lèvres des siennes.

Invitant ma langue à danser.

Plus il m'embrassait, plus il grognait.

Plus il m'embrassait, plus j'ondulais contre lui.

De la sueur s'est formée sur ma nuque, sous mes doigts.

Je pouvais aussi le sentir entre mes omoplates.

Une fois de plus, il s'est retiré, mais seulement dans nos bouches.

Il posa son front contre le mien, son souffle chaud sur mon visage.

J'ai continué à jouer avec sa queue, ma main gauche posée derrière moi maintenant.

"Tu... es... une... salope... enjouée," haleta-t-il, reculant et m'embrassant doucement.

Lorsqu'il a glissé sa main sous ma jupe jusqu'à ma cuisse, j'ai lâché prise et j'ai dû aussi mettre mon autre main derrière moi pour me soutenir.

Ensuite, c'est moi qui lui ai mordu la lèvre inférieure parce que ses doigts caressaient plus vers l'intérieur.

"Merde!" Mon corps tout entier tremblait alors que sa jointure effleurait ma chatte couverte de culotte.

" Tu es sensible," rigola-t-il.

Effleurant ses lèvres contre le coin de ma bouche, il me frappa encore trois fois avec ses jointures.

À chaque coup, il appuyait plus fort.

"Mmm. Erika ?"

"Eh quoi ?" J'ai cligné des yeux et j'ai essayé d'avaler.

"Tu es tellement mouillée, chère salope."

Mes bras lâchèrent et je retombai sur le bureau avec un grognement.

Sentant un doigt caresser l'extérieur de ma chatte sous ma culotte, mes yeux se révulsèrent.

Ma mâchoire tomba et ma voix resta coincée au fond de ma gorge.

"Tu es si riche", murmura-t-il.

Dans ma vision périphérique, j'ai vu Robert disparaître.

Une seconde plus tard, quelque chose de mouillé a coulé dans ma chatte.

J'ai finalement crié, réalisant que c'était sa langue.

Puis il roucoulait.

Cambrer mon dos.

Je me tords les hanches.

Frapper mes paumes contre les papiers éparpillés sous moi.

En bas, il m'avait enlevé ma culotte et m'attaquait avec un arsenal de lèvres, de dents et de langue.

Mais jamais rien de pénétrant.

Et pourtant, c'est ce que mon corps implorait en silence.

Quelque chose n'importe quoi...

Eh bien, pas n'importe quoi.

Je voulais sa queue, mais je me contenterais d'un doigt ou deux pour l'instant.

Cependant, il ne pouvait pas lire dans mes pensées.

Et malheureusement, je n'ai pas trouvé les mots pour lui dire directement.

Mon autre chaussure est tombée au sol alors qu'il attrapait ma cheville et maintenait ma jambe levée .

Je me tortillai davantage à la sensation de lui frappant et encerclant mon clitoris avec ce qui était probablement son pouce.

Et j'ai effectivement crié quand il m'a lentement léché la chatte de haut en bas.

Taquiner mon anneau serré et sensible pendant un moment avant de recommencer.

J'ai marmonné une série de jurons entrecoupés de halètements.

Il gémit et lâcha ma jambe après l'avoir placée sur son épaule.

Une seconde plus tard, j'ai senti une paire de ses doigts glisser le long du même chemin que sa langue avait tracé avant de s'enfoncer en moi.

"Robert!"

Mes mains se crispèrent sur mes côtés, mon corps tout entier se tordant sur le bureau.

Coincé entre essayer de s'éloigner de son contact et essayer de suivre sa main alors qu'il commençait à s'éloigner pour ensuite pousser à nouveau.

Plusieurs objets claquèrent en tombant du bureau au cours du processus.

Son rire profond et réactif m'a dit que j'avais obtenu la réaction souhaitée.

Il a continué au même rythme, taquinant et tordant les désirs en moi.

Chaque fois que ma jambe commençait à glisser, il attrapait l'arrière de mon genou dans le creux de son coude et le replaçait sur son épaule.

Il ne m'a pas fallu longtemps pour arriver, haletant et maudissant son nom.

Je roule la tête d'avant en arrière sur le bureau.

Serrant et relâchant une main sur ses cheveux maintenant.

L'autre me massait distraitement la poitrine à travers mon chemisier comme elle le faisait lorsqu'elle était seule.

Mon esprit était encore flou quelques minutes plus tard.

Respirer était une corvée.

J'avais conscience qu'il baissait son pied, mais je ne pouvais pas fermer mes jambes car il se tenait toujours entre mes cuisses.

Il bougea d'un côté à l'autre pendant quelques secondes avant que ses doigts ne caressent mes lèvres inférieures sensibles, me faisant frissonner.

Puis il a de nouveau pris sa retraite.

Un instant plus tard, il leva ma tête directement sous mon oreille, son pouce caressant le haut de ma pommette.

Le doux arôme de mes jus familiers atteint mon nez.

« Érika ? »

J'ai marmonné quelque chose... J'ai ouvert brièvement les yeux pour voir son visage placé devant le mien.

Était-il en train de serrer la mâchoire ?

"Tu veux plus?"

J'ai cligné des yeux cette fois.

Il m'a léché les lèvres.

J'ai essayé de parler, mais j'ai fini par hocher la tête.

Il laissa échapper un léger grognement.

"Dis-le."

Ma chatte s'est serrée et mes yeux se sont concentrés momentanément.

Ma voix était rauque quand je parlais.

"Oui. Baise-moi, Robert."

Ses propres yeux semblaient briller.

Il prit une profonde inspiration et me fit un bref signe de tête.

Gardant sa main sur ma joue, je le sentis repousser ma culotte avec sa main gauche avant que sa queue ne touche ma chatte.

Poussé en avant.

Il l'a mis en moi.

Nous avons grogné en tandem alors qu'il se glissait à l'intérieur.

M'étirant lentement pouce par pouce.

Et puis son aine reposait contre la mienne.

Il donna une rapide poussée de ses hanches, s'enfonçant un peu plus profondément, faisant se cambrer mon cou en arrière et mes mains se levèrent pour attraper ses bras.

J'ai ronronné alors qu'il s'éloignait et avançait à nouveau.

Il a accéléré un peu.

Établir votre rythme.

Ma respiration irrégulière est devenue plus tendue.

Je ne pouvais pas arrêter de me lécher les lèvres.

Si proche.

Il était à nouveau tellement proche .

Son avant-bras gauche reposait sur moi, ses doigts effleurant mes cheveux.

J'ai tourné la tête vers son contact et j'ai fermé les yeux.

Gémissant alors que son autre main prenait et caressait ma poitrine ou ma hanche à travers mes vêtements.

"Jouis pour moi."

Il pressa ses lèvres sur mon front et attrapa mon genou, le traînant à nouveau jusqu'à sa hanche.

Mon dos se cambra dans un spasme à ses mots.

Ma mâchoire tomba devant la façon dont il me caressait délibérément, à la fois intérieurement et extérieurement.

Il n'arrêtait pas de me pousser par-dessus cette falaise.

Jetant un coup d'œil.

Et puis j'ai étranglé son nom, me raidissant avant que mon corps ne tourne à droite puis à gauche.

Marmonnant des mots qu'il n'avait jamais prononcés auparavant... il ne savait probablement même pas ce qu'ils signifiaient.

Bon sang, ce n'étaient probablement même pas de vrais mots.

"Mon Dieu, tu es si belle, Erika."

Le halètement de Robert devint encore plus laborieux.

Les sons qu'il faisait étaient enivrants.

Ils m'ont fait me tordre sous lui.

Je pense que je suis venu une deuxième fois, ou était-ce une troisième ?

Avant de le sentir tendu.

Il poussa plus fort.

Et puis il a grogné mon nom avant de laisser tomber son corps sur le mien.

La chaleur de son corps s'infiltrait à travers les couches de nos vêtements trempés de sueur.

Son cœur battait aussi fort que le mien contre ma poitrine.

Ou peut-être que c'était à moi ce que je ressentais.

Puis sa main se pressa légèrement dans mes cheveux, son pouce caressant distraitement mon front.

J'ai alterné entre avaler de l'air et me lécher les lèvres.

J'ai passé ma main de haut en bas sur l'arrière de son bras gauche, qu'il avait replié sur mon côté après sa libération, une fois que j'avais suffisamment récupéré pour me rappeler qui nous étions... où nous étions.

Une réplique a secoué le bas de mon dos, provoquant des contractions de mes membres.

Ma chatte s'est serrée et sa queue s'est contractée en moi.

Nous avons tous les deux gémi.

Il souleva son poids, m'embrassant doucement avant de se relever complètement.

Je me mordis la lèvre contre un autre spasme alors qu'il reculait complètement, heureux d'avoir toujours le bureau sous moi pour me soutenir.

Hypnotisé, j'ai regardé l'homme que j'avais sur mon radar depuis le premier jour.

Il m'est venu à l'esprit qu'il pensait à tout cela depuis qu'il était arrivé préparé, alors que je le regardais retirer le préservatif usagé, l'envelopper dans quelques mouchoirs et jeter le paquet dans ma poubelle.

Il se tenait devant moi alors qu'il rangeait sa queue et ajustait son pantalon.

Elle s'attendait à ce qu'il finisse de réparer ses vêtements, peut-être qu'il passe sa main dans ses cheveux légèrement en désordre.

Mais j'ai été surpris quand il m'a souri et a mis une main derrière mon épaule, m'aidant à me positionner.

Se lever.

Prenant mon visage entre ses mains, il m'embrassa doucement.

Il a ensuite reculé et a incliné la tête tout en jouant avec mes cheveux.

Il a ajusté ma chemise sur mes épaules et a passé ses mains sur mes seins.

Il a redressé ma jupe avec une autre main sur mes fesses, me faisant trembler et sourire comme un imbécile.

"Tu es à nouveau présentable."

Sa voix était très douce.

Et son sourire tordu et ses yeux brillants trahissaient qu'il était probablement encore en train de perdre l'adrénaline aussi.

Quand j'étais sûr de mon équilibre, il a utilisé mes pieds pour relever mes talons et les orienter dans la bonne direction afin que je puisse remettre les chaussures.

Distraitement, j'ai passé mes mains sur mon corps, des seins aux fesses, pour m'assurer que tout se sentait bien, comme s'il ne l'avait pas fait lui-même.

Puis j'ai tourné les yeux vers mon bureau et j'ai froncé les sourcils.

Ma feuille de calcul surdimensionnée était froissée.

Il y avait un fouillis de caractères qui ressemblaient à une langue étrangère sur l'écran de l'ordinateur.

Et il manquait l'agrafeuse et le seau à crayons.

Au moins, j'avais été assez intelligent pour sauvegarder mon rapport avant qu'il ne me séduise.

Les objets susmentionnés sont soudainement réapparus avec deux grandes mains masculines positionnées près de mon ordinateur.

C'était le bruit qu'il avait entendu auparavant.

Presque au ralenti, j'ai levé la tête, constatant à quel point le gilet sur mesure lui allait bien avant de me fixer sur son regard sombre.

Pendant un long moment, Robert et moi nous sommes regardés.

Le coin de sa bouche était toujours plié.

J'ai remarqué que mon pouls s'accélérait toujours.

Après avoir tendu la main aveuglément derrière moi, j'ai trouvé l'un des accoudoirs et j'ai remis la chaise en place.

Ce n'est que lorsque je me suis assis et que je me suis retourné pour effacer le charabia tapé sur l'ordinateur qu'il a parlé.

"Qu'est-ce que tu fais, Erika ?"

J'ai regardé plusieurs fois entre lui et le moniteur.

« Vous m'avez interrompu en train de terminer mon rapport. Il est rendu mardi matin et je ne le ramènerai pas à la maison ce week-end.

Il tira sur les poignets de sa chemise et les extrémités de son gilet avant de s'asseoir dans la même chaise visiteur qu'auparavant et croisa son genou droit sur son gauche.

"Euh, qu'est-ce que tu fais, Robert ?"

Il ajusta le nœud de sa cravate de marque pour qu'il soit plus près de son cou, puis joignit les mains sur ses genoux.

"J'attends que tu termines ton rapport."

J'ai haussé un sourcil.

"Pour que ?"

Robert m'a fait un sourire élégant.

" Pour l'emmener dîner, bien sûr, avant de continuer cela dans un cadre plus confortable pour le scan arrière. Si cela vous plaît, Mme Sanders. "

Avec un saut dans mon pouls et un tic au coin de mes propres lèvres, je suis retourné à mon moniteur.

"Très bien, M. Gonzalez. Vous devriez avoir terminé ici dans environ cinq minutes."

FIN

Milton Keynes UK
Ingram Content Group UK Ltd.
UKHW012246291123
433483UK00001B/80